HEYNE
BÜCHER

ESOTERISCHES WISSEN

TRIANA HILL *stammt aus Kalifornien und lebt und arbeitet zur Zeit auf Maui, Hawaii. Sie war eine der erfolgreichsten Geschäftsfrauen Amerikas, bevor sie sich ganz ihrer übersinnlichen Begabung widmete. Nach der Entfaltung dieses außerordentlichen Talents, begann sie anderen Menschen damit zu helfen und entwickelte sich zu einer Therapeutin. In Seminaren und Workshops, die auch in Deutschland stattfinden, hilft sie anderen dabei, sich die verborgenen Gaben des geistigen Potentials zu erschließen. Auf Hawaii beantwortet sie seit sechs Jahren in einer Radiosendung Hörerfragen mit Hilfe ihrer außersinnlichen Begabung.*

Triana Hill

Nicht von dieser Welt

Originalausgabe

WILHELM HEYNE VERLAG
MÜNCHEN

HEYNE ESOTERISCHES WISSEN
08/9688

Umwelthinweis:
Dieses Buch wurde auf
chlor- und säurefreiem Papier gedruckt.

Copyright © 1996
by Wilhelm Heyne Verlag GmbH & Co. KG, München
Printed in Germany 1996
Umschlaggestaltung und Illustration: Init, Bielefeld
Satz: prosatz Pospischil, Stadtbergen
Druck und Bindung: Pressedruck, Augsburg

ISBN 3-453-11470-1

Kapitel I

Als ich das Licht andrehte, rannte eine Küchenschabe mit großer Geschwindigkeit über meinen Unterschenkel. Ich sprang von dem kalten Boden auf, der mir in den letzten zehn Jahren als Bett gedient hatte, und blickte mich in meiner trostlosen Umgebung um. Das Mobiliar bestand aus einem wackeligen Stuhl und einem Tisch, dessen fehlendes Bein von einem mottenzerfressenen Tischtuch gnädigerweise zum Teil verdeckt wurde. Auf alle Gegenstände im Haus – inklusive einer Geranie, die in dieser Umgebung vollkommen fehl am Platze schien – hatte sich dichter Staub gelegt. Instinktiv identifizierte ich mich mit der Pflanze – so wie sie hungerte auch ich, allerdings nach einem geistigen Licht, das es mir endlich gestatten würde, aus diesem Elend hinauszuwachsen.

Genaugenommen war unser Zuhause eigentlich eher ein Werkzeugschuppen als ein Haus. Unsere Nachbarn nannten es der Einfachheit halber ›Die Schrottlaube‹. Das Haus bestand aus zwei Räumen, von denen einer mit einem Waschbecken und einer Toilettenschüssel ausgestattet war. Heißes Wasser gab es nicht. Ein Eisblock im Waschbecken diente als Kühlschrank, und unsere einzige Wärmequelle und gleichzeitig Kochgelegenheit bestand aus einem holzfressenden, bullernden und krachenden Monstrum von Kanonenofen. Eine Miniaturveranda führte auf den Hof hinaus, wo drei Hühner, eine Ente und eine Wüstenschildkröte mit Namen Teddy auf einem kleinen Gemüsebeet herumwatschelten. Die Schildkröte war der Ersatz für einen Teddybär, den meine Mutter sich nicht leisten konnte.

Die beiden Zimmer waren feucht und modrig, und das Haus roch wie eine Gruft. Die einzigen Bewohner, die in dieser Umgebung gediehen, waren Käfer, Spinnen, Eidechsen, Küchenschaben und andere Kriechtiere, denen es gelang, sich durch die Ritzen in den Holzwänden zu zwängen und es sich über Nacht bei uns gemütlich zu machen.

Der einzige gutgelaunte Bewohner in diesen Wänden war ein hellgelber Kanarienvogel names Scotty, der ohne Rücksicht auf seine Umgebung das immer gleich berauscht klingende Liedchen von sich gab. Jeden Tag stand meine Mutter vor seinem Käfig und sang ihm die Tonleiter vor. Dann legte er den Kopf auf die Seite, plusterte seine goldenen Federn auf und erwiderte ihren Gesang beinahe in der gleichen Tonart. Ihre Stimmen verschmolzen zu einer sonnigen, harmonischen Melodie, die durch die leeren Räume klang und die Dunkelheit um mich herum wenigstens für kurze Zeit aufhob.

Meine Mutter arbeitete rund um die Uhr als Putzfrau, um die 30 Dollar Miete und unsere bescheidenen Lebenshaltungskosten decken zu können. Mein Bruder war zwei Jahre älter als ich und verteidigte sein kleines Territorium mit brutaler Gewalt. Er machte mich für das Verschwinden unseres Vaters verantwortlich und verabscheute mich mit einer Leidenschaft, die anderen zum Mord gereicht hätte. Es war, als würde meine unglückliche Liebe zu ihm durch eine ebenbürtige Menge Haß von seiner Seite erwidert.

Seit ich denken konnte, hatte ich versucht, seine Freundin und seine Gefährtin zu werden. Statt dessen war ich zu seinem Sündenbock geworden, an dem er seine Aggressionen ausließ; mit zunehmendem Alter hatte er sich mehr und mehr in ein Dynamitfaß mit glimmender Lunte verwandelt, das jeden Moment in die Luft fliegen konnte. Für sein Alter war er groß. Er hatte dichtes schwarzes Haar, boshaft blitzende dunkle Augen und einen Verstand, der wie ein Computer arbeitete.

»Was fällt dir kleinen Hexe ein, mir das letzte Stück Brot wegzufressen?« brüllte er wie ein Wahnsinniger, der gerade aus der Anstalt geflohen war. Mit vor Zorn blutrotem Gesicht stand er im Türrahmen, und seine Augen brannten vor Haß.

»Ich habe den ganzen Tag noch nichts gegessen, vielleicht hat Mutter es zum Frühstück aufgegessen«, erwiderte ich leise. Um meine Nacktheit vor ihm zu verbergen, zog ich mir die abgewetzte Bettdecke enger um den Leib. Mir war, als starrte ich in die Augen eines Geiers, der bereit war, sich über seine Beute herzumachen. Mit einem Satz stürzte er sich auf mich, schleuderte meinen ausgezehrten Körper auf den Boden und prügelte gnadenlos auf mich ein, wie auf einen Todfeind. »Du lügst, du kleine Schlampe, wo ist das gottverdammte Brot?« schrie er zwischen den Schlägen.

»Laß mich in Ruhe! Hör auf, mich zu schlagen! Ich werde keine Kinder haben können, weil du mein Inneres zerprügelst. Dein Brot habe ich nicht!« schrie ich wütend zurück.

Mit einem letzten brutalen Schlag seines Handrückens schleuderte er mich durchs Zimmer wie eine Lumpenpuppe. Vor Schmerz krümmte ich mich zusammen und bettelte ihn an: »Bitte, bitte, schlag mich nicht weiter!«

Er verschwand wie der Bösewicht in einem Film, fluchend die Tür hinter sich ins Schloß knallend, und ich blieb vor Kälte und Furcht am ganzen Körper zitternd zurück. Ich fühlte mich wie von einem Lastwagen überfahren. Doch vor Freude darüber, daß mein Bruder endlich verschwunden war, atmete ich erleichtert durch und machte mich auf den Weg in die Küche, um das Loch in meinem leeren Magen zu füllen und wenigstens für eine kurze Zeit zu vergessen, wie sehr ich mir wünschte, von ihm geliebt zu werden.

Unser Küchentisch war übersät mit großen wassergefüllten Schüsseln, in deren Mitte kleinere Schüsseln standen, wie Inseln im Ozean. Darin befanden sich Zucker, Honig, Sirup, Erdnußbutter und zwei Bananen, die aussahen, als würde selbst die Katze sie schleunigst verscharren. Meine Mutter war der Ansicht, ihre geniale Erfindung würde die Ameisen davon abhalten, sich über unser Essen herzumachen. Aber sie bildeten Brücken, wie über einen Burggraben, und brachten es trotzdem fertig, ihre winzigen tropfenförmigen Körper von unseren Vorräten zu ernähren.

Auf meiner Suche nach etwas Eßbarem stieg mir der Geruch der angrenzenden Liefergasse in die Nase. Eine Mischung aus Müllgeruch und Dreck verwandelte meinen Hunger bald in Übelkeit. Ich träumte von einem heißen Schaumbad und süßen, frischgebackenen Brötchen. Doch heute fanden meine Tagträumereien ein abruptes Ende, als die Küchenspüle überlief und dreckiges Eiswasser die Ritzen des Zementbodens überspülte wie ein heftiger Wintersturm.

Eilig streifte ich ein verblichenes rotes Kleid über, in dem ich aussah wie ein Klumpen in einem Zuckersack, schnappte mir meine Schulbücher und rannte die Gasse hinab. Ich sprang über einen Müllhaufen, zerbrochenes Glas und etwas, das aussah wie menschliche Exkremente. Ich hielt den Atem an, um den Geruch irdischen Verfalls wenigstens nicht noch vor dem Frühstück einatmen zu müssen.

Unser Haus stand in einer heruntergekommenen Gegend in Venice, Kalifornien – einem Ort, der keine Ähnlichkeit mit dem Venedig Italiens aufwies außer der Tatsache, daß auch hier die Kanäle voller Wasser waren. Der Kanal vor unserem Haus war allerdings ein unergründlicher, durch Abwässer verdreckter Sumpf und ein idealer Brutplatz für Moskitos und Fliegenlarven.

Da man von unserem Haus aus etwa fünf Minuten zum Strand lief, residierten wir offiziell in einem Strandort, in dem beinahe die gesamte Bevölkerung von der Wohlfahrt lebte.

Niemand hatte genügend Geld, um Arbeiten an seiner Wohnstatt vornehmen zu lassen, wodurch die Gegend mit der Zeit immer mehr verkam. Die Farbe blätterte von den Verzierungen, als habe sie jemand abgebrannt, und die Vorgärten glichen der städtischen Müllhalde.

Gelegentlich sah man einen alten Wagen auf der Straße, aber die meisten der Anwohner gingen zu Fuß oder benutzten öffentliche Verkehrsmittel, um Geld zu sparen. Ich war noch nie in einem Auto oder auf einem Fahrrad mitgefahren, ebensowenig hatte ich je ein Kino oder ein Restaurant von innen gesehen – doch eines Tages, so wußte ich, würde mein Vater mich finden und mir die Welt zeigen. Ich war mir sicher, daß er alles unternehmen würde, um herauszufinden, wo ich lebte, und daß meine Mutter versuchte, mich vor ihm zu verstecken.

Ich habe meinen Vater weder gekannt, noch wußte ich damals mehr über ihn, als daß er meine Mutter am Tag meiner Geburt verlassen hatte. Der Gedanke an ihn lag wie ein Schatten auf meinem Herzen. Ein Schatten, der mir unbeschreibliche Qualen bereitete und dafür sorgte, daß beinahe all meine Gefühle in einem Meer von Schuld und Ablehnung buchstäblich versanken. Unermüdlich plagte ich meine Mutter mit Fragen über seine Person und seinen Aufenthaltsort, doch sie weigerte sich standhaft, mir zu antworten, und wechselte jedesmal eilig das Thema, als habe sie die Frage nicht verstanden.

Am Ende der Liefergasse angekommen, sah ich von weitem, daß der alte Besitzer des kleinen Lebensmittelgeschäftes vor seiner Tür stand. Eine Hand hielt er hinter dem Rücken verborgen, mit der anderen winkte er mich zu sich. Er schenkte mir ein Schokoladen-Eis. Sein zahnloses Grinsen verriet die innere Befriedigung eines Menschen, der etwas mit weniger

Bemittelten teilt. Ich dankte ihm überschwenglich und rannte weiter die Straße hinab, als meine Füße mit einemmal nachgaben und ich zu Boden stürzte. Die Sohlen meiner Schuhe waren mit grünlichem Schleim bedeckt, und mein kostbares Eis lag in der Gosse. In einem verzweifelten Versuch, zu retten, was zu retten war, und etwas Süßes in den Mund zu bekommen, leckte ich meine beschmierten Hände sauber.

Als ich endlich in der Schule ankam, lag der Schulhof wie ausgestorben. Der Unterricht hatte bereits begonnen. In ihrer funktionalen Eintönigkeit wirkten die Schulgebäude eher wie eine Besserungsanstalt und nicht wie eine Schule. Ich rannte in mein Klassenzimmer und quetschte mich gerade hinter meinen Schreibtisch, als die Pausenglocke schellte. Wie gewöhnlich starrten mich die anderen Kinder feindselig und spöttisch an. Obwohl ich wahrhaftig nicht das einzige Kind armer Eltern in dieser Schule war, so war ich doch davon überzeugt, das häßlichste zu sein. Mein Kleid sah aus wie eine Flickendecke, da meine Mutter viele unterschiedliche Farben benutzt hatte, um die Risse darin zu flicken, und zur allgemeinen Verschlimmerung des generellen Eindrucks bestand meine Mutter auch noch darauf, daß ich mein langes Haar geflochten und wie ein Vogelnest auf dem Kopf zusammengerollt trug. Durch meine dicken Brillengläser wurden meine Augen noch ein wenig kleiner, als sie es ohnehin schon waren, und mein dünner Körper hatte mir bereits den Spitznamen »Knotenspargel« von seiten meiner Klassenkameraden eingetragen. Sie empfahlen mir, mich gefälligst auf die Seite zu drehen, da ich von vorne bereits unsichtbar sei.

Das einzige, was meiner Meinung nach für mich sprach, war meine Intelligenz. Ich hatte gehofft, daß ich dadurch zum Liebling der Lehrerin werden würde, aber sie ging mir aus dem Weg wie einer Leprakranken. Obwohl ich zu Hause hart arbeitete und gewöhnlich die Antworten auf ihre Fragen wußte, rief sie mich niemals auf. Ich wollte um jeden Preis anerkannt und für meine Fähigkeiten gelobt werden und gab mir alle Mühe, von ihr befragt zu werden. Meine Frustration wuchs schließlich wie ein Krebsgeschwür und veranlaßte mich, die Antwort einfach hinauszuschreien, um überhaupt ein wenig Aufmerksamkeit zu bekommen. Die Lehrerin kam wie ein deutscher General auf mich zugestampft, schalt mich mit strenger militärischer Stimme und klebte mir zwei Pflaster über den

Mund, während sie mich warnte, ja nicht wieder unaufgefordert das Wort zu ergreifen. Die perversen Witzbolde in der Klasse lachten höhnisch und machten sich mit sarkastischem Gemurmel über mich lustig.

Die Schulbücherei wurde schließlich zu meinem Zufluchtsort, wo ich zwischen den Buchstaben großer Abenteuer verschwand in der Hoffnung, sie eines Tages selbst erleben zu können. Ich stellte mir vor, wie ich in einem hawaiianischen Wasserfall badete oder in Afrika auf Safari ging; oder wie mir in einem großen Hotelbett mit Baldachin Frühstück serviert wurde, neben meinem Morgenkaffee eine rote Rose. Obwohl ich wußte, daß es sich dabei um Träume, Hoffnungen und Illusionen handelte, konnte ich mich doch nicht von ihnen trennen. Sie waren alles, was ich hatte. Vielleicht, so dachte ich, lebte mein Vater ein luxuriöses Leben, an dem ich bald würde teilhaben dürfen.

Die Bibliothekarin war von meiner Hingabe begeistert und fertigte extra für mich eine bunte Karte an, auf der jedes Buch, das ich gelesen hatte, verzeichnet war. Sie hatte goldene und silberne Sterne neben jeden Eintrag geklebt, so daß die Karte aussah wie eine Trophäe. Sie bedeutete mir mehr als all meine anderen spärlichen Besitztümer zusammen.

Mein Traum davon, geliebt zu werden und Freunde zu finden, die sich wirklich etwas aus mir machten, erwies sich über viele Jahre als unerfüllbar. Egal, wie sehr ich mich auch bemühte, meine Zeit und meine Gedanken mit den mich umgebenden Menschen zu teilen, ich versagte.

Vor dem Baseballspiel saß ich mit den anderen Kindern auf der Bank und wartete darauf, einem Team zugeteilt zu werden. Die beiden Mannschaftskapitäne wechselten sich bei der Auswahl ab. Nach und nach wurde jeder Name aufgerufen, und am Schluß war nur ich übrig geblieben. Der Sportlehrer zeigte auf den Mannschaftskapitän, dem noch ein Spieler fehlte, und sagte: »Du mußt sie nehmen«, während er mir mitleidig auf die Schulter klopfte.

Nicht genug damit, daß ich unkoordiniert war, ich war auch noch mit starker Kurzsichtigkeit gestraft. Nicht nur, daß ich den Ball niemals traf, obwohl ich einen exzellenten Schlag drauf hatte – ich war auch außerstande, ihn zu fangen, und addierte so vor aller Augen eine weitere Unfähigkeit zu der mittlerweile unübersichtlich gewordenen Summe meines Versagens.

Ich bot meinen Klassenkameraden, die schlechter in der Schule waren als ich, an, ihnen die Antworten für die wöchentlichen Tests zu liefern, was bedeutete, daß ich der Schule verwiesen würde, sollte man mich erwischen. Aber die Möglichkeit, mich beliebt zu machen, schien mir das Risiko wert. Die anderen Schüler akzeptierten mein Hilfsangebot, wenn sie Hilfe nötig hatten – aber ansonsten ignorierten sie mich weiterhin.

So kam es, daß ich während meiner Kindheit im wesentlichen nur mit einer einzigen Person kommunizierte, und diese Person existierte lediglich in den Tiefen meines Bewußtseins, obwohl ich manchmal hätte schwören können, daß mein mysteriöser Unbekannter echt war.

Bei unserer ersten Begegnung war ich ungefähr fünf Jahre alt. Die Kälte im Haus war mir bis in die Knochen gefahren, und meine Einsamkeit wurde durch meinen Bruder verstärkt, der mir gerade geraten hatte, mich mit meinem Spielzeug auf eine stark befahrene Straßenkreuzung zu verziehen. Meiner Ansicht nach bestand kein Zweifel daran, daß er wünschte, ich wäre tot.

Ich trottete hinaus auf den Hof und versuchte, bei meinem Huhn Henny Penny Trost zu finden. Das helle Licht der Sonne schien auf die Schönen wie die Häßlichen gleichermaßen, dachte ich. Wenigstens die Sonne hatte keine Vorurteile. Sie war immer dort, selbst an Tagen, an denen sie durch Wolken verhüllt war. Ich fragte mich, ob es wirklich einen Gott gab, der die Sonne geschaffen hatte und die Blumen, den wunderbaren Himmel, die Tiere, das feuchte Gras auf den Feldern und das Meer, dessen Wellen gegen das Ufer brandeten. Irgendein Gott mußte mich und die Erde, auf der ich lebte, geschaffen haben, aber wer war er, was war er? Und wenn er tatsächlich existierte, weshalb hatte er ausgerechnet mich vergessen?

Ein riesiger Feigenbaum ragte über meinem Kopf. Ich liebte diesen Baum. Er war mein Zufluchtsort. Irgend jemand hatte kleine Holzstücke an seinen Stamm genagelt, die zu einem aus Orangenkisten gefertigten Baumhaus führten. Drinnen war Platz für eine Person, und die mußte mit eingezogenem Kopf sitzen, weil das Dach so niedrig war. In den seitlichen Wänden waren Gucklöcher angebracht. So war ich in der Lage, das häßliche Haus und die Nachbarschaft aus meinem Blickfeld zu verbannen und statt dessen wie durch eine rosarote Brille auf die schönen Dinge des Lebens zu schauen – die leuchtend grünen Blätter und den mit Wolkenfetzen bestreuten blauen Himmel. Obwohl ich allein war, wurde ich das seltsame Gefühl nicht los, daß mich jemand beobachtete. Das Gefühl wurde immer stärker, bis ich mit einemmal sicher war, die Anwesenheit eines Mannes zu bemerken, der in den raschelnden Zweigen zu sitzen schien.

Er trug einen Umhang aus schillerndem Purpur, und sein Haar schien wie goldfarbener Flachs. Wo sein Gesicht hätte sein müssen, befand sich nur eine nebelige Fläche. Zentimeter für Zentimeter bewegte ich mich auf die Tür zu, zog sie vorsichtig auf und spähte nach draußen. Dort saß tatsächlich jemand im Baum, und über seinem Gesicht hing ein Blatt. Doch abgesehen von seinem verdeckten Gesicht war er so real wie die Landschaft um ihn herum.

»Hallo, würden Sie gern mein Freund werden?« fragte ich ihn. Zu meiner Enttäuschung antwortete er nicht.

»Sind Sie mein Vater?« versuchte ich es erneut. Wer sonst konnte er sein? Ich wartete geduldig auf eine Antwort, und schließlich meinte ich, ihn reden zu hören.

Seine Stimme klang tief und warm. »Ich bin immer dein Freund gewesen, und noch einiges mehr«, sagte er.

»Sind Sie mein Vater? Weshalb haben Sie kein Gesicht?« Ich wollte ihn berühren, doch ich fühlte nichts.

»Ich habe dich lieb«, sagte er. »Ich bin immer bei dir, ich passe auf dich auf und gebe acht, daß du wächst.«

Unsere Konversation wurde durch die ärgerliche Stimme meiner Mutter unterbrochen. »Triana, komm sofort vom Baum herunter!«

Ohne den geringsten Zweifel war sie nicht gut auf mich zu sprechen, obwohl ich mir keiner Übeltat bewußt war.

»Mit wem hast du gesprochen? Ich habe gehört, wie du mit jemandem gesprochen hast.«

»Mein Vater hat mich besucht. Er war oben mit mir im Baum, er hat gesagt, daß er mich lieb hat und daß er mein Freund ist.«

Sie versetzte mir eine schallende Ohrfeige. Ich berührte meine brennende Wange und begann zu heulen.

»Dein Vater ist nicht hier! Niemand ist hier! Du wirst nie wieder mit jemandem sprechen, den es nicht gibt. Hast du das verstanden?« schrie sie aufgeregt.

»Aber Mutti, er hat direkt neben mir im Baun gesessen. Ich zeige ihn dir.«

Ich sah hinauf in die Zweige, doch der Unbekannte war fort. Sie hatte ihn verscheucht. Möglicherweise konnte er mich nur dann besuchen, wenn sie nicht in der Nähe war.

»Die Leute werden denken, daß du verrückt bist, wenn sie dich beim Sprechen mit einem Unsichtbaren erwischen. Kleine Mädchen lügen nicht! Wenn du wirklich glaubst, daß dort jemand ist, dann bildest du dir etwas ein, und wenn du dir weiterhin etwas einbildest, wirst du krank werden.«

Ich schloß die Augen und fragte mich, ob er zurückkehren würde, wenn ich sie wieder öffnete. Statt dessen erblickte ich ihn mit geschlossenen Augen. Er flüsterte mir zu, daß er ein anderes Mal wiederkommen würde und daß er niemandem außer mir erlauben würde, ihn zu sehen. Es gab nichts, was ich meiner Mutter hätte sagen können, um sie vom Gegenteil zu überzeugen, und an jenem Tag beschloß ich, ihr einfach nicht mehr zu erzählen, wenn er auftauchte, und aufzupassen, daß sie uns nicht erwischte.

»Tut mir leid, Mammi«, sagte ich. Sonst nichts.

»Tut mir leid, daß ich dich geschlagen habe, aber du hast mich erschreckt«, erwiderte sie, legte ihren Arm um mich und führte mich ins Haus, um mir ein belegtes Brot zu schmieren.

Ich berührte meine vor Schmerz brennende Gesichtshälfte und dachte an ihren Wutausbruch. Sie hatte mich noch nie zuvor geschlagen, und ihre Reaktion hatte mir große Angst eingeflößt.

Auf dem Weg in die Küche machte sie bei Scotty auf der Veranda halt und fütterte ihn mit einem kleinen Salatblatt. Er zwitscherte dankbar und begann, mit dem Salatblatt im Schnabel zu singen.

Ich sah zu, wie sie mit ihm sang. Für ein paar Sekunden schien sie glücklich. Sie war geradezu winzig und schlank, mit einem freundlichen, europäischen Gesicht. Ihre Hände waren lang und hätten die einer Künstlerin sein können, doch harte Arbeit hatte sie trocken und faltig werden lassen. Die ganze Woche über war sie kaum daheim, und heute, am Sonntag, putzte sie und besserte unsere Kleidung aus. Ihr Haar war beinahe vollständig ergraut, streng nach hinten gekämmt und verlieh ihrem Gesicht einen müden Ausdruck. Sie hatte braune Augen, auf denen ein bernsteinfarbener Schimmer lag, und trotz der harten Lebensumstände hatten ihre Augen etwas von ihrem Glanz behalten. Trotz ihrer Armut war sie stolz, und ich liebte sie einfach deshalb, weil sie meine Mutter war, obwohl ich fast nichts über sie wußte und wir nie Zeit für ein Gespräch zu haben schienen.

Ich nahm mein belegtes Brot mit nach draußen vor die Tür, und neben mir, auf den Stufen der Hintertreppe, saß der fremde Mann!

»Triana, genau wie die Sonne werde ich immer bei dir sein. Manchmal wirst du mich nicht sehen können, aber trotzdem bin ich immer bei dir.«

»Bitte lassen Sie mich Ihr Gesicht sehen!« bat ich ihn. »Ich weiß, daß Sie lächeln. Wollen Sie nicht, daß ich Sie erkenne? Ich habe genau gehört, wie Sie meinen Namen gerufen haben.«

Falls der Fremde eine Botschaft für mich hatte, so verstand ich sie nicht. Seine melodiöse Stimme wurde immer schwächer, und noch einmal hörte ich meinen Namen wie ein fernes Lied, das von einem unsichtbaren Lippenpaar zu fließen schien.

Ich habe nie jemanden von meinem »Geheim-Mann« erzählt. Die Leute hielten mich ohnehin schon für verrückt genug, und ich hatte nicht vor, ihnen noch zusätzliche Beweise dafür zu liefern. Ich dachte oft an meinen unsichtbaren Gefährten und fragte mich, ob ich ihn mir ausgedacht hatte, weil ich mir Gesellschaft wünschte, doch dann hätte ich ihm ganz gewiß ein Gesicht gegeben.

Je älter ich wurde, desto unwahrscheinlicher wurde es, daß es sich bei dem mysteriösen Unbekannten um meinen Vater handelte, aber ganz wollte ich die Möglichkeit nicht ausschließen.

Ich war mir sicher, daß mein Vater sich in einem wirklichen Körper aufhielt und daß ich ihn bald treffen würde. Während ich von der Schule nach Hause ging, wanderten meine Gedanken oftmals zu meinem Vater und den wunderbaren Dingen, die er eines Tages mit mir teilen würde. Ich dachte daran, wie ich mit ihm Arm in Arm durch ein duftendes Blumenmeer wandern würde, während wir über verschiedene Themen diskutierten und darüber, wie wir eine bessere Welt schaffen könnten. Gemeinsam würden wir das Theater besuchen, Museen besichtigen und klassischen Konzerten lauschen. Er würde mir helfen, mich in jedem Aspekt meines Lebens zu verbessern.

Eines Tages war ich derartig in Gedanken versunken, daß ich nicht auf den Weg achtete und über eine tote Katze stolperte. Ihre Eingeweide hingen heraus, und ich unterdrückte die spontane Reaktion, mich zu übergeben. In diesem Augenblick erblickte ich meine Freundin Marlene, die in der Nähe lebte und sich gerne mit mir befreundet hätte, obwohl ihre Eltern es ihr nicht erlaubten. Ich winkte ihr zu, aber sie schaute in die entgegengesetzte Richtung und tat so, als ob sie mich nicht sehen würde.

Am liebsten kam Marlene zu uns nach Hause, um die Tiere zu füttern. Doch fast immer tauchte dann ihre riesige und alles niederwalzende Mutter Sadie auf, zog sie an den Haaren und schrie: »Ich habe dir doch verboten, mit diesem Mädchen zu spielen. Sie wohnt auf der falschen Straßenseite!«

Sadie, ihr Ehemann Sam und Marlene lebten in einer etwas besseren Wohngegend, die von uns aus bequem zu Fuß zu erreichen war. Die drei waren stolze Besitzer eines Fernsehers, und Marlene prahlte damit, daß ihre Mutter unentwegt Kuchen und Brote backte. Sadies Aussehen nach zu urteilen, mußte sie das meiste ihres Backwerks selbst verzehrt haben, denn sie war ungefähr so fett wie eine schwangere Kuh. Ich war immer höflich und zuvorkommend, und obwohl ich meines Wissens nie etwas anstellte oder etwas Falsches sagte, behandelte Sadie mich wie einen geistig zurückgebliebenen Gnom.

Eines Tages schlich Marlene sich zu Hause davon, um mich zu besuchen. »Meine Eltern sind einkaufen. Komm mit zu uns, da können wir fernsehen und Schoko-Kekse essen.«

»Ich habe in meinem ganzen Leben noch nie ferngesehen«, sagte ich, so aufgeregt wie ein kleines Kind beim Anblick eines neues Spielzeugs.

Im Vergleich zu unserer Bruchbude war das Haus von Marlenes Eltern ein sonnendurchfluteter Palast voll schöner Designermöbel und mit Ölgemälden an den Wänden. Meine Füße versanken im weichen Teppichboden, und bald verschwand ein Haufen köstlicher Kekse in meinem Mund, während Marlene sich neben dem Fernseher auf dem Boden lümmelte und zuschaute, wie zwei ärgerliche Ringer damit beschäftigt waren, sich gegenseitig zu Brezeln zu verformen.

»So nahe vor dem Fernseher ruinierst du dir die Augen«, sagte ich.

»Von hier aus kann man aber besser sehen. Ich versuche, ihnen in die Turnhosen zu schauen; ich will sehen, was sie zwischen den Beinen haben«, antwortete sie.

»Marlene, das ist ekelhaft! Du bist erst zwölf. Weshalb interessierst du dich für die Geschlechtsteile von Männern?«

»Du hast wohl noch nie was von Sex gehört? Ich kenne sogar die Stelle zwischen meinen Beinen, die sich so gut anfühlt, wenn ich daran reibe. Sex ist das wichtigste auf der Welt, und ich werde einen Jungen finden, der es mit mir macht. Durch einen Türspalt habe ich zugeschaut, wie meine Eltern es miteinander getrieben haben. Sie machten komische Geräusche und wälzten sich wie Tiere in allen möglichen seltsamen Positionen. Das will ich auch, es ist aufregend!«

»Meine Mutter hat mit mir noch nie über Sex gesprochen. Sie sagt, anständige Mädchen machen diese Dinge erst nach der Heirat. Ich weiß nicht, wovon du sprichst. Ich bin schockiert, daß du Erwachsenenzeug machen willst!«

»Meine Mutter ist eben modern, und deine Mutter ist altmodisch. Nur weil sie dir nichts über Sex erzählt hat, heißt das noch lange nicht, daß es nichts taugt. Ich werde es dir beibringen.«

»Nein. Ich will nicht mehr darüber reden, und außerdem will ich nicht, daß du etwas tust, was ich schmutzig finde!«

Marlene schien besessen von der Idee, so schnell wie möglich erwachsen zu werden. Sie wirkte älter als zwölf, und ihre vollentwickelten Brüste standen in seltsamem Widerspruch zum Rest ihres Körpers. Außerdem verfügte sie über soviel Grips wie ein Esel nach einer Lobotomie.

Ich versuchte mir vorzustellen, wie mein eigener Körper aussehen würde, wenn ich erwachsen wäre. Meine Brust war flach wie ein Brett, und ich fürchtete, daß dies für immer so bleiben könne. Meine Betrachtungen über die Natur des Frauseins wurden rüde durch Stimmen und Schritte unterbrochen, die sich dem Haus näherten. In Windeseile raste ich durch die Hintertür ins Freie, um Sadies Wut zu entgehen, und hörte noch, wie Marlene mir hinterherrief, doch auf sie zu warten.

Daheim angekommen, war unsere Hütte wieder so dunkel wie ein Mauseloch; deshalb setzte ich mich draußen auf die Stufen, wo die Sonne mein Gesicht wärmte, und spielte mit meinem Huhn, das ich an einer Leine spazierenführte. Zu meinem Erstaunen sah ich, wie meine Mutter nach Hause kam – gewöhnlich arbeitete sie bis spät in die Nacht.

»Warum kommst du so früh nach Hause, stimmt etwas nicht?«

»Ich bin die Treppen runtergefallen, und mir geht es überhaupt nicht gut«, sagte sie. »Ich muß mich eine Weile hinlegen. Bitte weck mich nicht auf.«

Von draußen hörte ich sie weinen, wie einen kleinen Hund, der seine Mutter verloren hatte. Meine arme Mutter arbeitete Tag und Nacht und hatte keine Minute für sich. Andere alleinstehende Frauen gingen mit Männern aus, doch meine Mutter verließ nie das Haus, außer wenn sie zur Arbeit ging und Lebensmittel einkaufte. Ich habe sie nicht einmal mit einem Mann reden sehen. Mein Vater mußte ihr Herz besessen haben und es immer noch besitzen. Mittlerweile waren zwölf Jahre vergangen, seitdem er verschwunden war, und sie hatte noch keinen anderen Mann gefunden.

Für einen kurzen Augenblick addierte das Einsiedlerdasein meiner Mutter und ihr großes Unglück eine weitere, mitleiderregende Stimme zu meinem ohnehin tragischen und melodramatischen Chor, und zum erstenmal begriff ich, wie verzweifelt sie sein mußte. Genau wie ich, hatte auch sie keine Freunde. Und selbst ich lebte in meiner eigenen Welt. Unsere einzige Verbindung bestand in unserem Blut und dem Dach über unserem Kopf.

Später am Abend zog der Geruch von Gemüsesuppe durch die offenen Fenster nach draußen. Gemüsesuppe war unser Standardgericht. Jeder noch so winzige Essensrest wurde in den Topf geworfen, und ich hatte noch nie in meinem Leben ein Stück Fleisch gegessen. Wenn ich während der Schulpausen zusah, wie die anderen Kinder ihr mitgebrachtes Essen verzehrten, das aus Gerichten bestand, die ich noch nicht einmal kannte, überkam mich blanker Neid, denn mein Mittag bestand aus den immer gleichen Zutaten: ein mit Erdnußbutter beschmiertes Brot und ein Apfel. Etwas anderes ließ unser Budget nicht zu, wie sehr ich mich auch nach Abwechslung sehnen mochte.

Langsam und mit gebeugtem Kopf schlürfte meine Mutter ihre Suppe. Ihr Gesicht war traurig, und in ihren Augen spiegelte sich das Unbehagen ihrer Seele. Sie schien wie jemand, der um einen geliebten Verstorbenen trauert. Ihr etwa eins sechzig großer Körper wog weniger als fünfzig Kilo, und sie wirkte bei weitem älter, als sie eigentlich war.

»Ich hab' dich lieb, Mammi«, sagte ich. »Es tut mir leid, daß das Leben so eine Hölle für uns ist; ich wünschte, du würdest irgend etwas finden, was dich glücklich macht. Bitte erzähl mir von meinem Vater. Wie hast du ihn kennengelernt, wie lange wart ihr verheiratet, habt ihr euch geliebt, warum hat er uns verlassen?« Ich stellte diese Fragen wohl zum hundertsten Mal.

»Dein Vater ist verschwunden, und er wird nie wieder auftauchen. Ich will nicht an ihn denken und mich auch nicht daran erinnern, wie es war, als wir zusammengelebt haben. Hör endlich auf, Fragen wegen deines Vaters zu stellen. Ich habe dich auch lieb, und ich gebe mir alle Mühe, dir Vater und Mutter zu sein.«

Die Antwort gab sie mir auch zum hundertsten Mal. Eine glitzernde Träne trat auf ihre Wange, und sie blickte mich mit gequältem Gesichtsausdruck an.

Obwohl sie mir leid tat, weigerte ich mich, ihre Erklärung zu akzeptieren. Ich hatte ein Recht darauf, etwas über meinen Vater zu erfahren, und beschloß, mich über ihre Empfindlichkeit hinwegzusetzen.

»Hat mein Vater mich liebgehabt? Hast du gewußt, daß er uns verlassen würde? Ist er wegen mir gegangen? Weißt du, wo er heute lebt?«

Sie stellte sich taub, und ich umarmte sie, wobei ich mich selbst dafür schuldig fühlte, ihr Leben noch ein wenig miserabler gestaltet zu haben.

»Mutti, weshalb gehst du nicht einmal mit einem anderen Mann aus?« fragte ich schließlich.

»Es gab einen Mann in meinem Leben, den ich geliebt habe. Er hat mich und seine Kinder verlassen. Nie wieder werde ich einen anderen Mann lieben!«

Ihre beständige Weigerung, über meinen Vater zu sprechen, machte mir Sorgen. Möglicherweise war er doch kein ›Ritter in glänzender Rüstung‹, wie ich dachte, sondern ein perverser alter Knacker, der auf der Straße schlief und kleinen Mädchen unter die Röcke schielte; oder, schlimmer noch, ein Krimineller, den man zum Schutz der Gesellschaft eingesperrt hatte.

Mit einemmal war ich sehr pessimistisch. Wenn ich nicht glauben konnte, daß der Charakter meines Vaters edel und gut war, dann konnte ich genausogut nichts mehr glauben! Ganz gewiß hatte er seine Gründe gehabt, die ihn dazu bewogen hatten, uns zu verlassen. Ich beschloß, mir eine Arbeit zu besorgen und Geld zu sparen, um meine Suche nach ihm zu finanzieren, anstatt mich vor Sorgen zu verzehren, zu heulen und mich zu beschweren. Ich dachte an Menschen, die blind oder verkrüppelt waren und an ihr tägliches Elend und merkte, daß mein Leben gar nicht so schlimm war.

Nach dem Essen ging ich in den Hof und grub mit den Händen in der Erde. Dabei stieß ich auf einen Widerstand. Sorgfältig entfernte ich die Erde darumherum und sah eine Blume, die dabei war, sich durch die verhärtete Erdoberfläche zu schieben. Jedes Jahr tauchte diese Blume auf, obwohl niemand von uns sie gepflanzt hatte. Sie hatte einen langen Stiel, und wenn sich ihre Knospen öffneten, wurden sie zu riesigen, zartrosafarbenen Blüten. Meine Mutter nannte die Blume ›Gartennelke‹. Für mich war es ein Wunder der Natur. Ich schloß die Augen und entzog mich für eine Weile meinem Schmerz und meinem scheinbar immerwährenden Gefühl des Verlassenseins. Mein Freund ohne Gesicht kam. Er schien genau zu wissen, wann ich seine Gesellschaft benötigte.

»Wer bist du?« fragte ich ihn wieder. »Bist du der Mann, den ich eines Tages heiraten werde?«

Er antwortete nicht.

»Wer du auch bist, ich habe dich lieb, weil du immer dann für mich da bist, wenn ich traurig bin oder mir Sorgen mache, und weil du mir gegenüber keine Vorurteile hast. Bitte, laß mich dein Gesicht sehen!« sagte ich.

Ein ums andere Mal wiederholte die fremde Stimme meinen Namen, doch sonst sagte sie nichts. Ich erzählte dem Fremden alles von meinen Hoffnungen und meinen Zukunftsplänen, und er hörte geduldig zu. Wenigstens ließ er mich nicht einfach allein zurück – schon dafür war ich ihm dankbar.

Kapitel II

Mit dreizehn erst gelangte ich zu der damals traumatischen Einsicht, daß es weder einen Weihnachtsmann gab noch meine Feenmutter aus dem Nichts erscheinen würde, um mich mittels magischer Kräfte aus meiner Folterkammer zu befreien. Immer wieder schlichen sich deprimierende Kindheitsbilder in mein Bewußtsein und drehten sich in meinem Kopf wie ein bizarres Karussell. Nachdem ich ihnen eine Weile nachgegangen war, gelangte ich zu dem Schluß, daß ich selbst mein Leben schwieriger gestaltete, weil ich mich dauernd solch morbiden Gedanken hingab. Obwohl ich einer nicht enden wollenden Lawine von Problemen gegenüberstand, die mir alle extrem schwierig erschienen, konnte ich mir durch weitere Sorgen das Leben nur erschweren. Ich gelangte zu dem Schluß, daß ich eine Reisende in meinem eigenen Hirn war und daß es an mir lag, ob ich dort Freude oder Leid aufsuchte.

Ich betrachtete mich ausführlich im Spiegel und dachte an ›Schneewittchen‹ und daran, wie die böse Hexe in den Zauberspiegel geschaut und gefragt hatte: »Spieglein, Spieglein an der Wand, wer ist die Schönste im ganzen Land?«

»Du bist es«, hatte der Spiegel geantwortet.

Auch ich wollte, daß mein Spiegel mir so antwortete, doch sagte er lediglich die traurige Wahrheit. Mein Körper war formlos, und mein Gesicht hatte einen schmerzverzerrten Ausdruck. Meine Gesichtszüge waren langweilig. Und die dunklen Haare auf meinen Beinen, die meine Mutter mich um nichts in der Welt abrasieren ließ, gaben mir das Aussehen von King Kongs Tochter.

Es war höchste Zeit für ein paar konstruktive Änderungen. In der Hoffnung, meine Mutter würde es nicht bemerken, rasierte ich die Haare ab. Dabei bemerkte ich zum ersten Mal, daß meine Beine eigentlich schön geformt waren.

Ich betrachtete meinen nackten Körper im Spiegel, und zu meinem Entzücken erkannte ich, daß meine Brüste geschwollen waren wie zwei zu groß geratene Moskitobisse. Langsam schien sich die formlose Hülle zu füllen. Ich zog einen Rock und eine Bluse an, die noch nicht ganz und gar aus der Mode waren, und band mein dickes Haar mit einem schillernden roten Band zu einem Zopf zusammen.

Mit Hilfe von etwas Lippenstift und ein wenig Rouge, die ich in einer Mülltonne in der Liefergasse hinter dem Haus gefunden hatte, schien mein Gesicht sich merklich zu beleben. Schweigend segnete ich die Frau, die die beiden fast leeren Schminktöpfchen weggeworfen hatte. Ich versteckte sie auf dem Boden meines Kleiderschrankes in einem alten Schuh.

Ich wußte, daß meine Mutter mich ein Flittchen nennen würde, sollte sie die Schminksachen finden. Alles, was von ihr als sinnlich ausgelegt werden konnte, lehnte sie ab. Ich hätte gewettet, daß sie ihre eigene Unterwäsche irgendwo eingeschlossen und den Schlüssel vor Jahren weggeworfen hatte.

Mir gefiel mein neues Selbst.

Das Make-up hatte Wunder gewirkt. Ich erschien jetzt älter, und genau diesen Eindruck wollte ich gegenüber meinem neuen Arbeitgeber erwecken.

Ich unternahm einen Spaziergang zum Meer. In unserer Nähe gab es einen Pier und einen langen Steg mit einigen Hamburgerbuden. Auf den Bänken entlang des Steges saßen immer die gleichen alten Frauen und babbelten unverständliches Jiddisch. Ich nahm an, daß sie jeden Tag über das gleiche redeten.

Ich betrat einen kleinen Drugstore, in dem auch Hamburger und Junk Food serviert wurde, und fragte das Mädchen hinter dem Tresen nach dem Besitzer. Sie zeigte auf einen Mann, der hinter der Kasse stand und sein Geld mit einer derartigen Hingabe zählte, daß ich meinte, Dollarzeichen auf seinen Augenlidern sehen zu können. Ich nahm all meinen Mut zusammen und log zum ersten Mal jemanden an: »Ich bin eine gute Köchin. Brauchen Sie jemanden?«

Er nahm mich in Augenschein wie ein Stück Fleisch in der Auslage.

»Um ehrlich zu sein, hat meine Kellnerin gestern gekündigt, und ich brauche jemanden, der die Kunden bedient. Hast du schon einmal in einem Restaurant gearbeitet?« erkundigte er sich.

»Natürlich habe ich das. Und ich war die beste Kellnerin im ganzen

Laden«, log ich frech. »Wenn Sie mich nicht einstellen, dann ist das Ihre eigene Schuld!«

Meine vorlaute Art schien ihm zu gefallen, und er ließ mich wissen, daß ich sofort anfangen könnte. Mein Lohn würde einen Dollar in der Stunde betragen, und der Gedanke an die enorme Menge Geldes ließ mich vor Aufregung zittern.

Er sah mich forschend an. »Was ist los mit dir, ist dir das etwa nicht genug Geld?«

Ich lachte innerlich über seine Frage.

»Nun, besonders viel ist es nicht. Für den Anfang reicht es, aber in einem Monat sollten wir uns über eine Gehaltserhöhung unterhalten«, sagte ich schließlich.

Der Klang meiner eigenen Stimme überraschte mich.

Er nickte zustimmend, und im Weggehen gab er über seine Schulter zurück: »Wenn du kein Mädchen wärst, würde ich schwören, du hättest ein Paar Stahleier zwischen den Beinen.«

Ich hatte keine Idee, was er damit meinte, und auch keine Lust, darüber nachzudenken. Kaum stand ich hinter dem Tresen, ließ sich schon meine erste Kundin auf den Barhocker vor mir fallen. Sie hatte Pausbacken mit dicken Rouge-Flecken, die ihr das Aussehen eines abgetakelten Pausenclowns gaben. Ihr Bauch stand vor und zeugte von ihrer offensichtlichen Vorliebe dafür, sich des öfteren ›so richtig vollzufressen‹.

»Guten Morgen, was darf es heute sein?« fragte ich.

»Du bist aber ein fröhliches Kind. Mußt wohl neu hier sein. Ich habe es eilig, deshalb bitte keine Fehler bei der Bestellung. Ich brauche vier Hamburger zum Mitnehmen; einen nur mit Senf, einen mit Mayo und Zwiebeln, einen mit allem, außer Tomaten, und einen mit der ganzen Ladung ... dazu vier Milchshakes, je einmal Vanille, Schokolade, Banane und Erdbeere.«

Ich schluckte schwer. Außer einem Ei hatte ich noch nie etwas gekocht. Diese Frau hatte soeben Verpflegung für eine Armee geordert!

Die Milchshakes waren kein Problem, denn die Behälter mit der Eiscreme waren beschriftet; die Hamburger jedoch stellten eine Herausforderung dar.

Da ich noch nie in meinem Leben einen Hamburger gegessen hatte, war mir auch schleierhaft, wie sie zubereitet werden mußten. Die Fleischplättchen im Kühlschrank machten einen höchst unappetitlichen Eindruck und klebten aneinander, als habe man sie mit Leim befestigt. Ich schaffte es schließlich, ein riesiges Schlachtermesser zwischen zwei der Plättchen zu zwängen und schlug mit der Faust auf die Rückseite des Messers. Auf diese Weise trennte ich schließlich eines der Plättchen ab und ein Stück Haut von meiner Hand gleich mit.

Der Schnitt war nicht weiter schlimm, also wickelte ich mir einen Lappen um die Hand und begann mit der Zubereitung der Hamburger. In Rekordzeit erledigte ich den Auftrag und überreichte ihr eine vollgestopfte Tüte mit Essen. Ohne ein Wort zu sagen, zahlte sie und hinterließ zehn Cent Trinkgeld auf dem Tresen.

Von da an kamen die Leute, als hätten wir Schlußverkauf, und bestellten alles nur Erdenkliche – von Suppe bis zu Nüssen. Mit einemmal wurde mir klar, was für eine Aufgabe ich da auf mich genommen hatte. Ich arbeitete mindestens für zwei Leute, und meine Arbeit bestand nicht nur darin, den Tresen abzufertigen, sondern auch die Durchreiche zum Strand. Das hieß kochen, saubermachen, Geschirr waschen und kassieren. Glücklicherweise war der Besitzer mit seiner Kasse zu beschäftigt, um mir auf die Finger zu schauen und zu bemerken, wie viele Fehler ich im Laufe eines Tages machte.

Zu meinen Kunden gehörte ein Junge meines Alters, der alle paar Stunden auftauchte und mich ansah wie etwas, das er von der Speisekarte ordern könnte. Obwohl mir ein bißchen unwohl dabei war, gefielen mir seine Komplimente. Bis dahin hatte sich noch nie ein Junge für mich interessiert. Wenn nicht zu viel zu tun war, schwatzte ich mit ihm, und obwohl ich mir sicher war, daß er nicht über viel Geld verfügte, hinterließ er immer ein Trinkgeld, selbst wenn er überhaupt nichts verzehrt hatte.

Die Arbeitstage schienen endlos. Und wenn ich endlich Feierabend hatte, zog ich meine Füße förmlich hinter mir her, so schwer waren sie. Zum Geburtstag meiner Mutter hatte ich zwei Dollar Trinkgeld in der Tasche, und diesmal wollte ich ihr ein phantastisches Geschenk kaufen, obwohl wir in unserer Familie Geburtstage gewöhnlich aus Geldmangel nicht zu feiern pflegten.

Ich rannte nach Haus, damit ich den Tisch schmücken konnte, bevor sie von der Arbeit heim kam. In die Mitte plazierte ich ein Paket in silbernem Geschenkpapier. Darin befand sich eine zitronengelbe Kerze. Ich lehnte die Geburtstagskarte dagegen und stellte eine kleine Erdbeertorte dazu. Danach dekorierte ich den Tisch mit weißen Gänseblümchen.

Ich drehte das Licht aus und wartete ungeduldig auf das Eintreffen meiner Mutter. Endlich öffnete sich die Tür. Schnell zündete ich die Kerze an und sang aus Leibeskräften ein Geburtstagslied! Der Ausdruck auf ihrem Gesicht war jeden Cent wert, den ich für sie ausgegeben hatte.

»So etwas Schönes hat noch nie jemand für mich getan«, rief sie. »Woher hast du das Geld?«

»Trinkgelder, von den Kunden bei meiner neuen Arbeit«, antwortete ich stolz.

Verliebt hielt sie ihr Geschenk in den Armen und tanzte damit zum Vogelkäfig. Scotty zwitscherte wie gewöhnlich, und sie unterhielt sich mit ihm, als wäre er ihr bester Freund und könnte ihre Freude nachvollziehen.

»Dies ist meine erste Geburtstagsfeier. Mein Sohn ist zwar nicht hier, aber meine Tochter hat sich erinnert und ihr schwerverdientes Geld für mich ausgegeben. Ich kann mich wirklich glücklich schätzen!«

Der Vogel hüpfte vor Freude in seinem Käfig auf und ab. Nie zuvor hatte ich meine Mutter in derartig guter Laune erlebt.

»Mutti, ich wußte nicht, wie viele Kerzen ich auf deinen Geburtstagskuchen stecken sollte. Wie alt bist du heute geworden?«

»Du weißt, daß eine Frau niemals über ihr Alter spricht. Frag mich etwas anderes.«

Damit hatte sie mir das perfekte Stichwort für eine viel wichtigere Frage geliefert. Es war die Gelegenheit, mich nach meinem Vater zu erkundigen.

»Du hast gesagt, ich soll eine andere Frage stellen, und die Frage lautet: Wie heißt mein Vater, und wo habt ihr gelebt, bevor ich geboren wurde?

»Du gibst wirklich nicht auf«, kicherte sie und betrachtete mich mit einer Mischung aus Stolz und Frustration. »Dieses eine Mal werde ich dir antworten, aber danach darfst du mich nie wieder nach ihm fragen. Sein Name ist Major Benjamin Firestone, und wir haben in Silverlake in der Nähe des städtischen Zoos gelebt.«

»Danke, Mutti!« Ich konnte mein Glück kaum fassen. »Ich weiß, wie sehr du es haßt, über meinen Vater zu sprechen, aber ich bin so froh, daß ich endlich etwas über ihn erfahren habe!«

Mein Bruder kam ins Haus gerannt und starrte auf die geöffnete Schachtel und den Kuchen.

»Was ist hier los? Habe ich etwas verpaßt?«

»Scheinbar hast du den Geburtstag deiner Mutter vergessen«, sagte ich in sarkastischem Tonfall.

»Seit wann feiern wir hier Geburtstage? Herzlichen Glückwunsch, Mutter.«

Dann verließ er mir erhobener Nase den Raum und legte wieder seine normale ›Was schert's mich‹-Haltung an den Tag. Es war schwierig zu sagen, welche seiner beiden Seiten die schlimmere war: seine aggressiv-brutale oder seine passiv-aggressive. Er war mein Bruder, aber leiden konnte ich ihn deswegen noch lange nicht.

Mit dem Gedanken an brutzelnde Hamburger im Kopf setzte ich mich an meine Hausaufgaben, und zwischen Arbeit und Schule flogen die Tage nur so dahin. Das Einmachglas mit dem Geld, das ich unter der Treppe versteckte, füllte sich allmählich, und ich kam mir wahrhaftig reich vor!

David, der Junge, der in den Laden kam, um mit mir zu flirten, war dort zu einer ständigen Einrichtung geworden.

An meinem freien Tag hatte er mich zu einer Fahrt auf seinem Motorrad eingeladen, und ich hatte dankbar angenommen, als er sich erbot, mich in den Silverlake Distrikt zu fahren, um dort nach meinen Vater zu suchen.

Vorsichtig setzte ich mich auf sein Motorrad und paßte auf, daß mein Kleid sich nicht in den Speichen verfing. Vielleicht war es schwachsinnig, zum Motorradfahren ein Kleid anzuzuziehen, aber ich hielt es für möglich, daß ich auf meinen Vater stoßen würde, und wollte so nett wie möglich ausschauen. So fuhren wir in die Berge, parkten das Motorrad vor einem Haus im viktorianischen Stil und setzten unsere detektivische Arbeit zu Fuß fort.

Wir wählten die erstbeste Straße, und David und ich teilten uns die Straßenseiten. Ich hatte David angewiesen, jeden, der ihm die Tür öffnete, nach Major Benjamin Firestone zu fragen. Ich selbst klopfte an eine Tür nach der anderen und stieß jedesmal auf widerwillige Anwohner, die ihren Kopf halb durch den Türschlitz streckten und die Standardbegrüßung murmelten: »Was willstn du?«

»Wenn du was zu verkaufen hast, bin ich nicht interessiert, egal was es ist«, sagte eine Frau. Ich erklärte ihr, daß ich nach meinem Vater suchte, und erzählte jedem, der es hören wollte, meine Geschichte. Doch nach mehr als zwei Stunden hatte ich immer noch keine Informationen über seinen Verbleib.

David erging es nicht viel besser. Schließlich mußte er nach Haus, und ich überredete ihn, es vorher wenigstens noch bei einem einzigen Haus zu versuchen. Glücklicherweise stimmte er zu, und ich hielt den Atem an, während ich die Türglocke schellte und darum betete, daß die Bewohner mir wenigstens einen Anhaltspunkt über meinen Vater würden liefern können. Eine matronenhafte Frau öffnete die Tür, und zur Abwechslung lächelte sie.

»Was kann ich für dich tun, Darling?« fragte sie mit freundlicher Stimme. Nachdem ich ihr meine Geschichte erzählt hatte, legte sie ihren Arm um meine Schulter und sagte: »Ich habe deinen Vater gekannt. Allerdings nicht sonderlich gut. Er hatte einen kleinen Gemüsemarkt am anderen Ende der Straße, aber da ich meine Früchte und mein Gemüse selber anbaue, bin ich dort nicht sehr oft hingegangen.«

»Bitte erzählen Sie mir alles, was Sie über ihn wissen!« bat ich sie. »Wie hat er ausgesehen?.«

»Er war hochgewachsen, hatte sandfarbenes Haar und ein markantes Gesicht. Aber das war vor mehr als zehn Jahren. Ich habe nicht die leiseste Ahnung, wie er jetzt aussieht. Eines Tages war er einfach verschwunden, und sein Geschäft hatte jemand anders übernommen. Ich habe ihn nicht gut gekannt und kann dir auch nicht mehr über ihn sagen.«

Freudig sprang ich auf das Motorrad und legte meine Arme um David, damit ich nicht herunterfiel. Mit wenigen Worten erklärte ich ihm, was ich herausgefunden hatte. Er gab Vollgas, und in rasendem Tempo fuhren wir etwa drei Blocks und hielten unter einer Baumgruppe. Er sprang herab, und ohne ein weiteres Wort zog er mich an sich und drückte mir seine klebrigen Lippen auf den Mund. Gleichzeitig wanderte seine Hand unter meine Bluse und griff nach meiner Brust. Angewidert riß ich mich los.

»Für wen hältst du dich eigentlich? Ich bin ein anständiges Mädchen, und du behandelst mich wie eine hergelaufene Schlampe!«

Ich rannte die Straße hinab und suchte nach einer Bushaltestelle. David war mir eng auf den Fersen und bat mich, doch vernünftig zu sein.

»Was macht ein kleiner Kuß schon für einen Unterschied. Komm, wir fahren weiter«, bat er schuldbewußt.

Ich ignorierte ihn und schaute starr auf den vor mir haltenden Bus. Wütend stieg ich ein. Dachten Männer nur an Sex? Selbst kleine Jungen wollten nichts anderes. Schade, daß Marlene nicht hier war, dachte ich, sie hätte diese Chance bestimmt nicht ungenutzt verstreichen lassen!

Meine Arbeit fiel mir unterdessen immer leichter.

Ich entdeckte meine Fähigkeit, zehn Dinge gleichzeitig zu verrichten, und arbeitete bald wie ein Profi. Mein Glas mit Trinkgeldern füllte sich, und ich schuftete fieberhaft, um endlich genügend Geld für die Suche nach meinem Vater zu haben.

Eines Morgens betrat ein gepflegter Herr im Anzug den Laden und riß mich aus meinen Gedanken. Zwischen den Teenagern in ihren Badesachen wirkte er ausgesprochen deplaziert. Er setzte sich an den Tresen und begann eine Unterhaltung mit mir.

»Ich habe dir schon einige Zeit zugeschaut, kleine Dame«, sagte er. »Du schaffst ganz schön was weg. Das Mädchen vor dir hat sich herumgeschleppt wie ein Schnecke.«

Er gab seine Bestellung auf und ließ mich während des Essens nicht mehr aus den Augen. Als er seine Rechnung beglich, meinte er beiläufig: »Danke für die prompte Bedienung. Seit wann arbeitest du hier?«

»Jetzt sind es beinahe vier Monate.«

»Wenn man sich dauernd mit lausigen Bedienungen herumschlagen muß, ist es angenehm, wenn man mal jemanden trifft, der weiß, was er tut. Wie alt bist du?«

»Ich bin dreizehn.«

Mit einemmal veränderte sich sein ganzes Benehmen.

»Ich arbeite für das Jugendamt«, sagte er mürrisch. »Bist du dir eigentlich darüber im klaren, daß du bis zum vierzehnten Lebensjahr eine Genehmigung brauchst, um zu arbeiten?«

Ich war vollkommen verdutzt und brachte kein Wort heraus. Der Fremde stand auf und sprach eine Weile mit dem Besitzer des Ladens. Ich konnte nicht genau verstehen, was sie sagten, aber ein paar Minuten später hatte ich meine Arbeitsstelle verloren.

Ich nahm meine Handtasche und mein letztes Gehalt in Empfang und setzte mich auf eine der leeren Bänke auf dem Pier. Mein Laune war tiefer gesunken als der Bauch einer schwangeren Schlange. Ich starrte auf die rollende See. Ich schloß meine Augen, die von der Mittagssonne ganz schwer geworden waren, und überlegte, wie ich einen anderen Job finden sollte, der mir die Suche nach meinem Vater finanzieren würde.

Mit einemmal erschien der geheimnisvolle Fremde. Sein Gesicht war nach wie vor nicht zu sehen, doch der Rest seiner Erscheinung war deutlicher als je zuvor. Auf dem Ringfinger seiner linken Hand erkannte ich einen dicken Goldreif, auf dem drei Symbole eingraviert waren, doch gelang es mir nicht, sie zu entziffern. Ich bat ihn, mir von dem Ring zu erzählen, doch er antwortete nicht. So erzählte ich ihm von meiner verlorenen Stellung. Als ich aufgehört hatte zu reden, ertönte mit einemmal seine weise, alte Stimme, die voller Mitgefühl zu mir sprach.

»Erfolg kann nicht an materiellen Dingen gemessen werden. Es geht im Leben darum, eine Aufgabe zu lösen, ein Ziel zu erreichen, das du dir gesetzt hast; dazu mußt du einen Schritt nach dem anderen unternehmen, bis du erreicht hast, was dir wichtig ist. Es wird auf dieser Reise immer Schwierigkeiten geben. Manchmal wird es passieren, daß du deinen Halt verlierst und zu verzweifeln drohst. Manchmal, wenn du dich zu schnell bewegst oder nicht achtgibst, wirst du dich sogar verletzen ... aber du mußt weiterklettern, hingebungsvoll, mit dem Wissen, daß niemand dir nehmen kann, was du bisher erreicht hast. Denke, plane und wage es, anders zu sein als andere! Hab keine Angst davor, von jemandem kritisiert zu werden. Wichtig ist nur, wie du dich fühlst. Wenn du dein Bestes gegeben hast, so hast du auch dein Ziel erreicht. Es liegt an dir, dein Leben ereignisreicher und erfüllter zu gestalten. Benutze deine innere Stärke und gestatte dir jede Erfahrung, indem du durch sie lernst und wächst. Die dadurch gewonnene Weisheit stellt auch deinen Erfolg dar!«

Ich dachte über seine tröstliche Botschaft und meine Beziehung zu ihm nach. Seit mindestens sieben Jahren hatte er mich nun besucht und mit seinen Worten angeleitet. Doch mir war immer noch nicht klar, wie jemand ohne Gesicht sprechen konnte. Vielleicht hatte er ein Gesicht, und ich war nur nicht imstande, es zu sehen? Wann immer ich eine Frage nach seiner Identität stellte, sprach er nur über meine Probleme und gab mir dadurch die Kraft, einer ungewissen Zukunft entgegenzuschauen. Wer er war und weshalb er all die Jahre bei mir aufgetaucht war, blieb allerdings ein Geheimnis.

Der wohltätige Fremde war der einzige, der mir Selbstvertrauen einflößte und es mir ermöglichte, scheinbar unerreichbare Ziele in Angriff zu nehmen.

Es erschien mir wie eine Ironie, daß die beiden wichtigsten Männer meines Lebens für mich körperlich nicht existierten. Mein Vater war für mich unerreichbar, möglicherweise für immer verschwunden, und mein Gedankenfreund vielleicht nur ein Produkt meiner Einbildung. Weshalb existierte ausgerechnet mein Bruder als körperliche Realität – wo ich jeden Tag wünschte, er möge sich in Luft auflösen?

Ich entschied mich, ihm ein Friedensangebot zu machen, und gab einen Teil meiner Ersparnisse im nahegelegenen Lebensmittelgeschäft für ihn aus.

Als ich nach Haus kam, saß er auf den Stufen zu unserem Haus. Wie gewöhnlich sprudelten sarkastische und beleidigende Kommentare aus seinem Mund wie aus einem überlaufenden Abflußrohr. Ich ignorierte seine schneidenden Bemerkungen und überreichte ihm die Geschenke. Anstatt sich zu freuen, führte er sich auf wie ein verwöhntes, launisches Kind und nannte mich dumm, weil ich ihm einen Knusperriegel gekauft hatte, den er nicht mochte, und weil er das von mir mitgebrachte Zeitungsmagazin als Idiotenlektüre betrachtete.

Ich war es leid, um seine Anerkennung kämpfen zu müssen; trotzdem wanderte ich wie ein kleiner Roboter zurück zum Geschäft und tauschte meine Einkäufe ein. Wie sehr ich mich auch bemühen mochte, ihm zu gefallen, ich erzielte keinerlei Fortschritte. Wenn er mit mir sprach, dann nur, um mich zu erschrecken, wie in jener Nacht, als er mir freudig mitteilte, daß heute der Buhmann käme und mich endlich abholen würde, damit er nicht länger unter meinem Anblick leiden müsse.

Da in unserer heruntergekommenen Gegend ohnehin allerhand Lumpengesindel herumschlich, reichten seine ekligen Episteln aus, um mich nachts wach im Bett liegen zu lassen, auf echte und eingebildete Geräusche zu lauschen und darauf zu warten, daß eine umheimliche Gestalt aus der Ecke sprang, um mich davonzuzerren.

Als ich von dem Geschäft zurückkehrte und ihm die neuen Geschenke überreichte, dankte er mir nicht einmal. Als ich zu Bett ging, steckte er seinen Kopf durch die Tür und begann wieder mit seinen Buhmanngeschichten. Diesmal schrie ich ihn an.

»Ich glaube dir kein verdammtes Wort. Es gibt keinen Buhmann!«

»Wahrscheinlich hast du recht. Du bist auch zu häßlich, als daß er sich mit dir abgeben würde! Ein Zug würde aus den Gleisen springen und lieber einen Feldweg nehmen, als an dir vorbeizufahren«, rief er lachend.

Mir war, als hätte mir jemand mit einem Messer ins offene Herz gestoßen. Der Rest Zuneigung, den ich für ihn empfand, wandelte sich in puren Haß – ich beschloß, meine Familie zu verlassen, mir eine andere Schule zu suchen und augenblicklich mit der Ausführung meines Planes zu beginnen.

Die ganze Nacht grübelte ich über eine mögliche Lösung meiner Probleme nach, und am darauffolgenden Morgen präsentierte ich sie meiner Mutter. Ich bat sie darum, bei ihren Kunden nachzufragen, ob jemand ein Kindermädchen oder eine Putzfrau brauchte, die gegen Unterkunft und Verpflegung arbeiten würde. Meine Mutter versprach, mir behilflich zu sein. Ein paar Wochen später berichtete sie mir von einer wohlhabenden Frau names Liebmann, die in Santa Monica, nur einige Straßenblocks von meiner Traumschule entfernt, wohnte und eine Angestellte suchte. Meine Aufgabe würde darin bestehen, mich um ihre beiden Kinder zu kümmern, das Haus picobello sauberzuhalten und jeden Abend das Essen für die ganze Familie zuzubereiten. Dafür durfte ich auf der Couch schlafen und mich aus ihrer Speisekammer ernähren.

Nachdem ich beinahe vierzehn Jahre auf dem Boden geschlafen hatte, freute ich mich auf mein neues Zuhause wie eine Schneekönigin. Überschwenglich umarmte ich meine Mutter und hielt ihr anschließend eine Rede, an der ich die ganze Nacht gearbeitet hatte.

»Mama, du hast keine Ahnung, was ich mit meinem Bruder durchmachen mußte. Und weil du die ganze Zeit nicht daheim bist, wirst du es vielleicht auch niemals erfahren. Er ist unvorstellbar grausam zu mir, und mir ist nichts wichtiger, als aus diesem Haus herauszukommen. Jetzt kann ich endlich von vorne beginnen und etwas aus mir machen. Ich weiß schon, daß du mich lieb hast und mich unter großen Mühen aufgezogen hast, aber ich will immer noch meinen Vater finden. Ich will wissen, wer ich bin, und er ist die zweite Hälfte zu meiner Existenz.

Im Augenblick habe ich noch keine Freunde; ich bin klein und unwichtig. Mir ist klar, daß ich einen weiten Weg vor mir habe, aber ich bin fest entschlossen, niemals aufzugeben. Ich bin mir sicher, daß mein Wille und meine Kraft mir schließlich Erfolg bescheren werden. Ich habe jetzt verstanden, daß ich jeden Aspekt meines Lebens lieben muß, Erfolg und Niederlagen. Ich möchte nicht wie eine Angeberin erscheinen, aber ich habe vor, all meine Talente und Fähigkeiten zu entwickeln. Das ist das einzige, für das es sich zu leben lohnt! Wir selbst schaffen unseren eigenen Himmel und unsere eigene Hölle auf dieser Welt, und ich bin fest entschlossen, ein besseres Leben für uns beide zu schaffen.«

»Du bist wirklich erwachsen geworden«, sagte meine Mutter anerkennend. »Trotz all deiner Probleme hast du immer noch genug Gottvertrauen, um auf dich allein gestellt zurechtzukommen. Du wirst auf deinem Weg wahrscheinlich noch vielen Schwierigkeiten begegnen, aber ich habe vollstes Vertrauen in dich und darin, daß du sie überwinden wirst. Die meisten Leute denken, daß die Herkunft die Zukunft eines Menschen bestimmt. Du bist der lebende Gegenbeweis. Ich bin stolz darauf, dich als Tochter zu haben!

Wir hatten in den letzten Jahren große Schwierigkeiten, die Familie über Wasser zu halten, und ich weiß, daß dir dein bisheriges Leben ungerecht und unerfüllt erscheinen muß. Weil du selbst noch nicht viel von der Welt gesehen hast, fehlen dir auch die Vergleichsmöglichkeiten. Wenn du so gelitten hättest wie ich in meiner Jugend, würdest du mehr verstehen. In Deutschland haben meine Familie und ich uns aus Mülltonnen ernährt und bei Frost auf nackter Erde schlafen müssen. Meine Lieblingsschwester wurde vor meinen Augen hingerichtet, gütiger Himmel, ich will mich nicht an diesen Horror erinnern. Irgendwann werde ich dir erzählen, was ich durchmachen mußte, um zu erreichen, was ich jetzt habe, auch wenn es dir scheinen mag, als sei es nichts.«

Zum ersten Mal hatte meine Mutter mir etwas von sich erzählt. Scheinbar existierten in unserem Leben Parallelen, von denen ich nichts wußte. Und ausgerechnet jetzt, nachdem sie endlich ihr Schweigen gebrochen hatte, zog ich daheim aus. Doch wäre ich geblieben, hätte ich eine Gelegenheit verpaßt, und Gelegenheiten boten sich nicht alle Tage. Ich hatte keine andere Wahl.

Am nächsten Tag zog ich um und schrieb mich an der High School in Santa Monica ein. Die hellen Schulgebäude waren von gepflegten Rasenflächen umgeben, von denen man direkt auf den Ozean schauen konnte. Es wurde eben Herbst, und die Blätter der Ahornbäume färbten sich in warme, gelbliche, fast goldene Rottöne, die durch die kühlen Strahlen der Herbstsonne noch verstärkt wurden. Genau wie ich, schienen auch die Blätter die letzte Wärme vor dem Einbruch des Winters zu genießen.

Trockenes Laub knirschte beim Gehen unter meinen Schuhen. Ich ergriff eine Handvoll, zerbröckelte die Blätter in meiner Hand und ließ sie wie Konfetti vom Wind davonwehen. Ich kam mir vor wie neugeboren. Ich hatte mir von meinem Ersparten ein paar hübsche Kleider gekauft und mir einen neuen Haarschnitt verpassen lassen, und um meinen Identitätswechsel perfekt zu machen, hatte ich mir sogar einen neuen Namen zugelegt. Von jetzt an würde ich Michelle heißen.

Die Atmosphäre in meiner neuen Schule unterschied sich grundlegend von der in meiner alten. Die Lehrer lobten mich für mein schulisches Fortkommen. Doch trotz der vielen positiven Änderungen stellte ich allerdings schnell fest, daß die Kinder sich meistens in kleinen Gruppen organisiert hatten, bei deren Mitgliedern es vor allem auf die Herkunft ankam – für Außenseiter schien es auch hier keinen Platz zu geben.

Die Unterhaltungen meiner Altersgenossen drehten sich meistens um Liebschaften oder Parties, und da ich in diesen Bereichen keinerlei Erfahrungen vorzuweisen hatte, war es auch hier schwierig, Anschluß zu finden.

Hinzu kam, daß meine Situation bei meiner neuen Arbeitgeberin, Frau Liebmann, sich bei weitem nicht als so rosig herausstellte, wie ich zunächst angenommen hatte. Ich merkte schnell, daß ich eine Stelle akzeptiert hatte, die meine Fähigkeiten bei weitem überstieg. Die Frau erwies sich als ausgemachte Perfektionistin, die unmöglich zufriedenzustellen war. Sie behandelte mich wie einen Sklaven. Ich kochte, putzte und kümmerte mich um die Kinder. Sie verlangte, daß ihr Haus dabei in sterilem Zustand gehalten wurde. Was unter anderem bedeutete, daß ich jeden Tag mit einer Zahnbürste ausgerüstet auf den Fliesen knien und den Belag zwischen den Kacheln mit Bleiche abschrubben durfte. Nachdem ich alle Aufgaben erfüllt hatte, blieb mir kaum noch Zeit, meine Hausaufgaben zu erledigen, und nach fünf Monaten gab ich auf.

Ich zog zu meiner Mutter zurück. Meine größte Angst bestand nun darin, daß ich die Schule in Santa Monica nicht länger würde besuchen können, weil ich in einem anderen Stadtteil wohnte. Das neue Schuljahr hatte gerade begonnen, und ich befand mich in der Geschichtsklasse – wie immer in der Hoffnung, unter den neuen Gesichtern ein paar Freunde zu gewinnen. Ich lächelte sie an, und sie lächelten sogar zurück.

Völlig unerwartet lief eines Tages ein warmer Strom an meinem Bein herab. Zu meinem Entsetzen bemerkte ich, daß sich ein kleiner, hellroter Blutfleck auf dem Boden gebildet hatte. Ich war nie zuvor krank gewesen, und da ich mich nirgends geschnitten hatte und trotzdem blutete, glaubte ich, augenblicklich an meinem Pult sterben zu müssen. Ich zog meinen Mantel über und begann damit, das Blut mittels eines fallengelassenen Taschentuches mit meinem Fuß aufzuwischen.

Ich saß direkt vor der Lehrerin und beugte mich peinlich berührt zu ihr vor.

»Mir ist etwas Schreckliches passiert!« flüsterte ich ihr atemlos ins Ohr. »Ich verblute!«

Sie brachte mich hinaus auf den Flur und erklärte mir, daß meine ›Krankheit‹ für ein Mädchen meines Alters eine ganz normale Angelegenheit darstellte; ich wurde erwachsen und hatte meine erste Periode bekommen. Mitleidig blickte sie mich an.

»Hat deine Mutter dir denn nicht erklärt, was passiert, wenn ein Mädchen zur Frau wird?«

»Meine Mutter spricht nie über den Körper, besonders nicht, wenn es etwas mit dem Geschlecht zu tun hat«, erwiderte ich schüchtern.

Erstaunt über meine Ahnungslosigkeit schüttelte sie den Kopf und schlug vor, daß ich nach Haus gehen und meine blutige Kleidung wechseln sollte.

Ich war überaus erleichtert, daß es sich bei meiner Krankheit um eine reguläre Körperfunktion zu handeln schien. Ich ärgerte mich darüber, daß meine Mutter sich weigerte, solche wichtigen Dinge mit mir zu besprechen, besonders wenn es um Sex und um meinen Vater ging, beides Themen, die in die Kategorie des Unsagbaren fielen. In der Schule hatte ich bereits allerhand Gemurmel von den ›Bienen und den Vögeln‹ gehört und war mir sicher gewesen, daß dieser Ausdruck etwas mit Sex zu tun gehabt hatte. Ich hatte meine Mutter danach gefragt. Ihre Antwort war, daß Vögel gemeinhin singen und Bienen zu stechen pflegen. Wie immer gab sie ausweichende Antworten, wenn es sich um Fragen mit sexuellen Untertönen handelte.

Zu Hause angekommen, konfrontierte ich meine Mutter direkt und erklärte ihr, was mir in der Schule passiert war. Ägerlich verlangte ich von ihr, daß sie mich in Zukunft über wichtige Dinge aufklärte, damit mir derartige Beschämungen und offensichtliches Unwissen erspart blieben. Sie redete sich mit der gleichen Entschuldigumng wie immer heraus: »Das wirst du schon alles noch lernen, wenn du erst einmal verheiratet bist.«

Leider befürchtete ich, daß niemand mich heiraten würde, weil ich keine Ahnung von Sex hatte. Ich merkte, wie die Frustration über meine Mutter mit jedem Tag wuchs. Sie nahm einen alten Kopfkissenbezug aus dem Schrank und riß ihn in dünne Streifen. Diese gab sie mir und wies mich an, die Binden alle paar Stunden zu wechseln. Als ich endlich in mein Bett kroch, sah ich aus wie eine blutige Mumie und wäre vor Scham am liebsten im Boden versunken.

Am nächsten Morgen versuchte ich, im Toilettenraum der Schule meine Binden zu wechseln. Die blutroten Streifen hingen von mir herab, als sei ich in einer Schlacht schwer verwundet worden. Die Tür zum Toilettenstall war nur angelehnt, und ein Mädchen, das ich noch nie zuvor gesehen hatte, erkundigte sich, was zum Teufel ich da machte. Ich erklärte ihr, daß ich meine Periode habe und daß meine Mutter mir die Binden gegeben hatte, damit ich meine Wäsche nicht befleckte. Sie starrte mich verwundert an, stellte sich vor und informierte mich dann, daß ich in jeder Drogerie Einlagen und einen Bindengürtel kaufen konnte – wie es alle anderen Mädchen in meinem Alter auch taten.

Nach der Schule nahm sie mich mit zum Einkaufen, und danach besuchten wir die Bücherei, wo ich mir ein Buch über Anatomie auslieh.

Am gleichen Abend saß ich bei uns auf der Veranda und verschlang meine neue Lektüre, als meine Mutter von hinten an mich herantrat, mir das Buch aus den Händen riß und angewidert stammelte: »Triana, ich bin entsetzt, daß du schmutzige Bücher wie dieses liest.«

Bis dahin hatte ich meinen Körper nie als etwas Schmutziges empfunden, doch meine Mutter schaffte es, mich zu verwirren. Es hatte keinen Sinn, sich mit ihr zu streiten, deshalb ging ich, ohne ein Wort zu sagen, und besuchte meine neue Freundin Charmaine, die mir die Binden empfohlen hatte.

Sie wohnte in einem wunderschönen kleinen Haus, das von einem weißen Eisenzaun umgeben war. Als ich den Pfad zu ihrer Eingangstür entlangging, bestaunte ich das Moos zwischen den roten Ziegeln und sah Charmaines Wagen in der Einfahrt stehen. Sie war eine der wenigen in der Schule, die bereits ihren eigenen Wagen besaßen. Es handelte sich um einen alten Oldsmobile Cutlass, den sie ›Bodenlos‹ nannte, weil sie das Gaspedal bis auf den Boden drücken und den Motor jedesmal fast in Benzin ertränken mußte, bevor der Wagen startete. Wenn er dann endlich fuhr, hätte er selbst im Rennen gegen eine Schildkröte verloren; aber immerhin handelte es sich um einen fahrbaren Untersatz, und er gehörte ihr allein.

Sie hörte genau zu, als ich ihr von den Problemen mit meiner Mutter erzählte, und erbot sich, mir alles mitzuteilen, was sie wußte. Ihr gegenüber öffnete ich mich wie eine blühende Knospe, und ich gestand ihr, wieviel sie mir bedeutete und wie einsam ich mich gefühlt hatte, bevor sie in mein Leben gekommen war. Was sie sagte, als ich geendet hatte, wird mich für den Rest meines Lebens begleiten, denn ihre bedingungslose Liebe berührte meine Seele.

»Liebe kommt aus dem Herzen, wie ein Fluß, der in den Ozean mündet. Sie gibt alles, wofür sie steht, an alles, was sie berührt; derjenige, der Liebe empfängt, verstärkt sie noch und gibt sie an jeden weiter, mit dem er in Berührung kommt. Alles um ihn herum ist augenblicklich von diesem Glühen in seinem Herzen erfüllt, ein Glühen von solcher Kraft, daß jeder es sehen kann und sich davon nährt.«

Sie drückte meine Hand und sagte lächelnd: »Komm mit, machen wir eine Tour durch die Stadt und schauen wir, was los ist. Unsere pferdelose Kutsche wartet bereits, Madame.«

Der Tank war beinahe leer. Ich hätte gerne für den Sprit gezahlt, doch hatte ich vergessen, Geld mitzunehmen. Auch Charmaine hatte keins. Also schlug ich vor, ein ›Ding zu drehen‹: »Erst gehen wir zum Markt an der Ecke, und du kaufst dort einen Marsriegel. Während du den Verkäufer ablenkst, schleiche ich mich draußen zu den leeren Brauseflaschen, klaue ein paar und verstecke sie im Wagen. Dann lösen wir sie in einem anderen Laden gegen Pfand ein und kaufen Benzin.«

Unser Plan funktionierte reibungslos, und der Tankwart staunte nicht schlecht, als wir für fünfzig Cent Benzin bestellten. Zum ersten Mal in meinem Leben fuhr ich in einem Auto, und ich fühlte mich unermeßlich wohlhabend. Wir fuhren bei ›Harry's‹ vor, dem örtlichen Teenagertreff. Die Kellnerinnen dort bedienten auf Rollschuhen und rasten zwischen den geparkten Wagen herum, um die Bestellungen aufzunehmen. Der ganze Ort summte vor Aktivität, und alle aßen, was das Zeug hergab, als wären sie hungrig – dabei waren sie nur gekommen um jemanden zu finden, mit dem sie den Abend oder die Nacht verbringen konnten.

Stolz saß ich in dem Wagen, beobachtete das Treiben und genoß die bewundernden Blicke, die ich von den Kindern auf ihren Fahrrädern genoß. Wir bestellten Schokoshakes, die so dickflüssig waren, daß man sie mit einem Messer hätte schneiden können, und wir klatschten mit dem nicht enden wollenden Strom von Jungen, die wissen wollten, woher wir unseren Wagen hatten. Zum ersten Mal in einem Auto, zum ersten Mal in einem Restaurant, zum ersten Mal sprach ich mit Jungen – ich kam mir vor, als wäre ich endlich am Ziel meiner Wünsche angekommen.

Wegen besonderer schulischer Leistungen durfte ich eine Klasse überspringen und wurde mit einem Diplom ausgezeichnet. Als ich vom Podest zurück ins Publikum ging, kamen einige meiner Klassenkameraden auf mich zu. Ich nahm an, daß sie mir gratulieren wollten, doch statt dessen wurde ich von einem Chor höhnischer Bemerkungen begrüßt: »Was nützt dir dein schlaues Gehirn, wenn du niemals Spaß haben wirst? Du weißt ja noch nicht mal, was Sex ist!« Mir fiel keine Antwort ein, deshalb log ich einfach drauf los. »Ich weiß mehr über Sex als ihr alle zusammen!«

Tammy, ein beliebter Cheerleader mit langen, blonden Haaren und Augen so blau wie Kornblumen, trat auf mich zu.

»Was weißt du denn über Sex, was ich nicht weiß?«

»Nun, ich weiß zumindest soviel, daß ich kein Interesse daran habe. Um genau zu sein, habe ich einen Club gegründet, der exklusiv für Jungfrauen bestimmt ist. Möchtest du beitreten?«

Sie bekam einen derartigen Lachanfall, daß sie sich in die Hosen gemacht haben muß.

»Jungfrauen! Glaubst du, es sei eine Ehre, eine Jungfrau zu sein? Du bist wirklich nicht ganz von dieser Welt! Weißt du, was ich machen werde? Ich werde dir einen Dollar für jedes Mädchen zahlen, das deinem Club beitritt, und da nichts mit nichts malgenommen immer noch nichts ergibt, wird mich die ganze Wette keinen Pfennig kosten. Aber ich werde mich dabei noch besser amüsieren, als wenn ich ins Kino gehe!«

»Mein Club wird nur auserwählte Mitglieder haben, und du solltest dich hüten, dich darüber lustig zu machen«, gab ich wie ein kleiner Schwachkopf zurück. »Ich habe sogar schon ein Motto für den Club: ›Nil bastardos cabarandum‹ was auf deutsch heißt: ›Laß dich von den Schweinehunden nicht unterkriegen‹ – wie du ja sicher weißt.«

In der sicheren Annahme, daß sie meine letzte Bemerkung unmöglich würde überbieten können, schritt ich mit erhobenem Kopf wie eine Debütantin davon. Sie folgte mir, um zu sehen, welche Mädchen ich für die Mitgliedschaft in meinem Club gewinnen würde.

Eine nach der anderen weigerte sich beizutreten. Sie lachten mich ungläubig aus. Schmerzhaft wurde mir bewußt, daß ich mir eine absolut lachhafte Aufgabe gestellt hatte, als das letzte von mir befragte Mädchen antwortete: »Du wirst nicht sehr viele Mitglieder in deinem Club haben. Das einzige Mitglied bist du!«

Tammy kicherte hysterisch und sagte spöttisch: »Danke für die unterhaltsame Vorstellung!«

Dann ließ sie mich stehen.

Ich hatte mich vollkommen zum Narren gemacht. Eine Jungfrau zu sein bedeutete überhaupt nichts, und falls irgend jemand die Punkte in diesem Spiel zählte, so hatte ich gerade einen massiven Verlust erlitten und war unter Null gesunken.

Ich erinnerte mich daran, wie Marlene mir an meinem zwölften Geburtstag erzählt hatte, daß Sex die Antwort auf alle Fragen sei. Damals hatte ich ihren Standpunkt für vollkommen hirnrissig gehalten. Jetzt, auf der High School, bekam ich täglich den Beweis für ihre Behauptung. Die beliebtesten Schüler waren die sogenannten ›Spieler‹, die ernsthaften Schüler, zu denen ich gehörte, wurden einfach ignoriert.

Doch wenn ich meine moralischen Werte in den Wind schreiben mußte, um von der sogenannten Szene akzeptiert zu werden, dann würde ich ein Außenseiter bleiben. Soviel stand fest. Ich glaubte nicht daran, daß ich meine Wertvorstellungen aufgeben würde, egal wie hoch die Belohnung dafür auch sein mochte.

Kapitel III

Der Teenagerclub der Nachbarschaft, ein kleiner Schnellimbiß im Keller eines Wohnhauses, wurde ›Die Höhle‹ genannt. Ich betrat den Tunnel, der ins Innere des Lokals führte, und hörte von weitem bereits das Heulen der Musikbox. Dort wurde ›The Little White Cloud That Cried‹ von Johnny Ray gespielt. Der Rauch hing in dicken Wolken über den Köpfen der tanzenden Pärchen, die sich auf der kleinen Tanzfläche gegeneinanderpreßten wie eingelegte Sardinen.

Ich drängte mich durch die aufgeregte Menge und suchte mir einen Platz, von dem aus ich das Treiben beobachten konnte, ohne selbst daran teilzuhaben.

Der Junge, der die Bestellungen aufnahm, sah aus wie ein Filmstar. Sein Haar war pechschwarz und rahmte sein feingeschnittenes Gesicht mit dem strahlenden ›Pepsodent-Lächeln‹ und den schalkhaft funkelnden Augen ein. Ich wußte, daß es sich bei ihm um den Kapitän der Footballmannschaft handelte, der daran gewöhnt war, immer im Mittelpunkt zu stehen. Während ich sein sonnengebräuntes, kantiges Gesicht musterte, bemerkte ich, daß sämtliche Mädchen mit ihren Blicken an ihm hingen wie Fliegen an einem Leimstreifen.

Er kam zu mir, um meine Bestellung aufzunehmen, und kicherte: »Du mußt neu sein, ich habe dich hier noch nie gesehen.«

»Nein. Ich lebe schon länger hier. Aber ich gehe nicht oft aus.«

»Am Wochenende ist eine Strandparty in meinem Haus in Malibu. Hast du Lust zu kommen?«

Als Antwort beschränkte ich mich darauf, eine Cola zu bestellen. Er blieb vor mir stehen und wartete ab. Die Tatsache, daß man mich soeben auf eine Party eingeladen hatte, ließ meinen Magen radschlagen.

»Danke schön. Ich würde unheimlich gern kommen«, brachte ich schließlich hervor. »Kann ich eine Freundin mitbringen?«

Ich war mir nicht sicher, ob ich mich allein trauen würde.

»Sicher, warum nicht? Hier ist meine Adresse und Telefonnummer.«

Er ging zur Musikbox, um eine andere Platte zu drücken, und winkte mir zu. Frank Sinatra begann ›Only the Lonely‹ zu singen. Mir schien, als habe er mein Lied gedrückt!

Ich stürzte die Cola hinab und raste aus dem Laden, als stünde er in Flammen. Aus Angst davor, der Kapitän könne es sich anders überlegen, blickte ich nicht einmal zurück. So schnell ich konnte, rannte ich zu Charmaines Haus und läutete atemlos an ihrer Tür. Ich zersprang fast vor Aufregung und konnte es kaum erwarten, ihr meinen neuen Erfolg im sozialen Leben von Santa Monica High mitzuteilen.

»Charmaine, rate mal, was passiert ist! Ich war in der Höhle, und Harry Feldmann hat mich zu seiner Party Samstag nacht eingeladen und gesagt, ich könnte jemanden mitbringen. Ich bin total aus dem Häuschen. Ich bin noch nie im Leben auf einer Party gewesen. Sein Haus ist am Strand. Ich möchte, daß du mit mir kommst, und ich zahle dir das Benzin.«

Charmaine war total überrascht. Ungläubig starrte sie mich an.

»Der ist einer der bestaussehenden und begehrtesten Knaben auf der ganzen Schule«, sagte sie. »Weißt du eigentlich, daß jedes Mädchen mit ihm ausgehen möchte, ich eingeschlossen?«

Ich lachte.

»Wenn du mit ihm ausgehst, hat er Glück. In meinen Augen bist du die Besondere von euch beiden.«

Ich kaufte mir ein hellblaues Chiffonkleid, das sich schmeichelhaft über meine frischerworbenen Kurven legte, und wirbelte durch den schäbigen Raum daheim wie eine glamouröse Ballerina. Als ich die Wand mit meinem Kleid berührte, fiel ein großes Stück Putz ab und krachte zu Boden. Eine glänzende, schwarze Spinne krabbelte die Wand hinauf, um ihr Netz an der Decke zu erreichen. Nur Gott allein wußte, wie viele seltsame Krabbeltiere sich dort über unseren Köpfen aufhielten.

Einige wenige köstliche Augenblicke lang wurde ich zu einer anderen, während ich mir vorstellte, wie ich auf der Party zu einer beliebten Persönlichkeit und von den Richies der oberen Klassen akzeptiert wurde. Der Kontrast zu meiner Realität inmitten der rattenzerfressenen Wände und dem Modergeruch unseres kleinen Hauses hätte nicht größer sein können. Zusammen mit mir in meinen blauen Chiffonkleid hätte es sicher ein interessantes surreales Gemälde mit Titel ›Königin im Rattenkeller‹ abgegeben.

Charmaine hupte vor dem Haus. Ich schwebte hinaus und plazierte mich sorgfältig auf dem Beifahrersitz, ängstlich darauf bedacht, daß mein Kleid keinen Schaden nehmen würde. Mit offenem Verdeck fuhren wir die lange Küstenstraße entlang und lauschten auf das Rauschen der Wellen, die die Luft mit ihrem salzigen Aroma erfüllten.

Das Haus von Harrys Eltern sah aus wie ein Schloß auf einer Ansichtskarte und stand mitten auf einer zerklüfteten Klippe. Wilde Musik dröhnte durch die frische Abendluft und mischte sich mit dem Duft des Jasmins, der im Dunkeln blühte. Die riesige Doppeltür aus Eichenholz wurde von Harry persönlich geöffnet, und zur Begrüßung bot er uns Cocktailhäppchen und Getränke an. Eine echte Band spielte Jitterbug. Die sich schlängelnden Pärchen waren sorgsam bemüht, die Tische mit den teuren Speisen nicht über den Haufen zu werfen. Auf einigen Silbertabletts hatte man Häppchen, bunte Salate und exotische Snacks kunstvoll arrangiert, die man Horsd'œuvres nannte, wie Charmaine mich informierte. Die ganze Angelegenheit mußte Harrys Leute ein Vermögen gekostet haben, oder aber er gab das Geld seiner Eltern aus, ohne daß sie davon wußten. Sie waren übers Wochenende aus der Stadt verschwunden, und nicht einmal eine Aufsichtsperson war im Haus.

Ich beneidete Harry um seine Freiheit und seinen Wohlstand und tröstete mich mit einem Stück Erdbeertorte. Anschließend leckte ich die Reste von meinen Fingernägeln ab – zum Glück waren die Anwesenden so sehr mit sich selbst beschäftigt, daß sie meine schlechten Tischmanieren nicht bemerkten. Ich war vermutlich die einzige im ganzen Haus, die noch nie mit Messer und Gabel gegessen hatte, denn wir konnten uns kein Besteck leisten.

Mit einemmal legten sich zwei starke Arme um meine Hüften. Ich wandte mich um und sah direkt in Harrys Augen. Instinktiv wollte ich ihn dazu auffordern, seine Arme von mir zu nehmen, aber ich wollte nicht unhöflich erscheinen, indem ich seinen Freundschaftsbeweis abwies.

Er brachte seinen Mund an mein Ohr und flüsterte: »Komm mit, ich möchte ein paar Minuten mit dir allein reden.«

Er führte mich in sein Schlafzimmer, und noch bevor ich Gelegenheit hatte herauszufinden, was er mit mir besprechen wollte, waren seine Hände auf meinem Körper zugange wie die Tentakel eines riesigen Tintenfisches. Verschreckt durch seine sexuelle Aggressivität, stieß ich ihn von mir.

»Was machst du denn da? Ich bin doch keine Nutte!« brachte ich geschockt hervor.

Er kicherte nur. Ohne sich um meine Worte zu kümmern, fuhr er fort, mich zu begrapschen und seine Lippen auf die meinen zu pressen. Sein geöffneter Mund ekelte mich; er fühlte sich an wie nasser, heißer Brei.

»Ich habe gehört, daß du noch Jungfrau bist, und ich habe noch nie mit einer geschlafen. Ich dachte, dies wäre eine gute Gelegenheit für uns beide, etwas zu lernen.«

Mit ziemlicher Macht drückte er mich nun auf sein Bett und hielt mich fest unter sich. Er riß mein blaues Kleid von meinen Schultern und biß mir in den Nacken. Er saugte an meiner Haut wie ein Vampir! Meine Schreie gingen in der lauten Musik unter, während seine schmierigen Pfoten darangingen, mein Kleid in Stücke zu reißen, bis er meine Brüste sehen konnte. Ich tropfte vor Schweiß und kämpfte, um mich aus seiner Umklammerung zu befreien.

»Du Hurensohn!« schrie ich so laut ich konnte.

Sein Körper bewegte sich auf dem meinen auf und nieder, und er grunzte wie ein Schwein!

Mit aller mir zur Verfügung stehenden Kraft gelang es mir endlich, mich aus seiner geilen Umklammerung zu befreien. So hart ich konnte, schlug ich ihm mit der flachen Hand ins Gesicht. Ich heulte, während ich versuchte, meine Kleidung zu richten und die Fetzen meines Kleides einzusammeln, die um mich herum im Zimmer verstreut lagen.

»Verschwinde!« schrie ich. »Wage es ja nicht noch einmal, deine schmierigen Pfoten auf mich zu legen.«

»Dumme Schlampe«, antwortete er mit sarkastischem Grinsen.

Er stand auf, legte all seine Kleidung ab und baute sich zu meinem Entsetzen nackt vor mir auf. Aus dem Rattennest zwischen seinen Beinen schaute ein rotvioletter, pochender Knorpel hervor, der aussah wie eine ausgestopfte Schlange mit kleinen Schleimtropfen auf dem Kopf. Darunter hingen zwei Fleischlappen wie vertrocknete Pflaumen, die die häßliche

Erektion irgendwie zu stützen schienen. Angeekelt durch die Zurschaustellung seiner Männlichkeit, wandte ich meinen Blick ab.

Ich hatte schon immer wissen wollen, wie ein Mann aussah. Jetzt wußte ich es. Eine Frau mußte pervers sein, die den Wunsch verspürte, dieses ›Ding‹ zu berühren.

Er sprang auf mich zu wie ein geiler Hund und fluchte, als er über seine eigenen Kleider stolperte und mit lautem Krach zu Boden fiel. Ich kann nicht mehr sagen, was röter war, sein Gesicht oder sein angeschwollenes Glied.

»Ich werde dich fertigmachen!« brachte er wütend hervor, während sein Stengel aufrecht in die Luft stand. Dann öffnete er splitternackt die Tür zum Wohnzimmer und verkündete stolz: »Ich habe sie flachgelegt, und bei Gott – sie ist ein lausiger Fick!«

Ich hätte mich nicht mehr schämen können, wenn ich versehentlich vor meinem Vater auf den Boden uriniert hätte. Was für Tiere Männer waren – das einzige, woran sie dachten, war Sex! Harrys Ego und seine dreckige Lüge ärgerten mich und widerten mich gleichzeitig an. Er war eine menschliche Ratte!

Ich ging ins Bad, verschloß die Tür hinter mir und legte ein nasses Handtuch auf mein Gesicht und über meine geschwollenen Lippen. Eine meiner Brüste war unbedeckt. Ich hatte noch nicht einmal einen Mantel, um meine Blöße zu bedecken. Was ich mir als die Krönung meines bisherigen sozialen Lebens vorgestellt hatte, war zu einem Desaster geworden. »Wieso ausgerechnet ich?« fragte ich mich. »Wieso ich?« Ich konnte unmöglich zurück ins Wohnzimmer gehen und Charmaine suchen, ohne mich vor allen Anwesenden zum Gespött zu machen. Keiner würde mir glauben, daß Harry gelogen hatte. Er war ihr Gott.

Hoch über der Badewanne entdeckte ich schließlich ein Fenster, stellte mich auf den Badewannenrand und quetschte meinen Körper durch die Öffnung. Ich fiel zwei Meter tief auf den Boden und verstauchte mir beim Aufprall den Knöchel. Der Schmerz war enorm, aber irgendwie mußte ich nach Hause gelangen. Mein zerrissenes Kleid hatte ich mit einer alten Sicherheitsnadel zusammengesteckt, und auf meinen Armen und Beinen waren bereits blauschwarze Flecken zu sehen. Die kalte Nachtluft fühlte sich jetzt auf meinem Körper an wie der Hauch des Todes. Vor mir lagen fünf Kilometer Fußmarsch. Ich kam mir vor wie ein verletztes, mißhandeltes Tier, und obwohl Harry meinen nackten Körper weder gesehen noch berührt hatte, fühlte ich mich durch den Gedanken an das Vorgefallene beschmutzt – wie einen Gegenstand hatte er mich behandelt.

Der Weg nach Hause wurde zum Marathon. Als ich endlich unser Haus sah und die Stufen buchstäblich hinaufkrabbelte, war ich so erleichtert wie nie zuvor in meinem Leben. Ich streckte mich auf dem Boden aus und versuchte jeden Gedanken aus meinem Kopf zu verbannen. Ich betete um ein wenig Schlaf, der mir helfen sollte, mein erniedrigendes Erlebnis zu vergessen. Scotty sang wie ein kleiner Schwachkopf in seinem Käfig – wie konnte er jetzt singen?

Ich schlief mit vielen Unterbrechungen und hatte schwere Alpträume, in denen ich von nackten Männern mißhandelt wurde. Als ich am Morgen erwachte, fühlte ich mich erschöpfter als vor dem Einschlafen. Erst jetzt wurde mir richtig bewußt, was geschehen war. Wie sollte ich mich je wieder in der Schule blicken lassen? Man kannte mich kaum, und jeder würde Harrys Lügen Glauben schenken. Wenn nur mein Vater bei mir wäre, dachte ich, er würde mit Harry reden und die Sache in Ordnung bringen. Aber ich war allein. Meine Mutter hätte kein Verständnis für meinen Zustand gehabt. »Mein ganzes Leben lang habe ich mir das Fleisch von den Knochen geschuftet, um dich zu einem ordentlichen Menschen zu machen. Und du hast nichts Besseres zu tun, als auf eine Party zu diesen Taugenichtsen zu gehen und dich auf Sex einzulassen, damit du ein bißchen beliebter wirst. Geschieht dir alles recht. Vielleicht lernst du etwas davon und wirst dich mehr mit deinen Büchern beschäftigen!«

Nein, mit meiner Mutter zu sprechen hatte keinen Sinn. Wie immer mußte ich mein Elend mit mir selbst ausmachen.

Zwei Tage lang täuschte ich eine Krankheit vor, um nicht zur Schule gehen zu müssen. Als ich endlich wieder in der Schule auftauchte, war die Situation noch viel schlimmer, als ich sie mir ausgemalt hatte. Ich war im wahrsten Sinne des Wortes geächtet worden!

Harry hatte nicht nur erzählt, daß ich mit ihm geschlafen hätte, sondern auch, daß mich anschließend alle Jungen auf der Party bestiegen und daß ich sie belogen hätte, da ich gar keine Jungfrau mehr gewesen sei, sondern die verkommenste Schlampe, die ihm je begegnet sei. Von da an wurde ich gemieden, als hätte ich eine ansteckende Krankheit. Schließlich beendete Charmaine unsere Freundschaft, ohne mir auch nur die Gelegenheit zu geben, ihr zu erklären, was vorgefallen war.

Ich versank in tiefe Depressionen.

Das bißchen Selbstvertrauen, das ich mir mühselig aufgebaut hatte, zerbrach wie ein Stück Glas und schien für immer verloren. Mein Herz schmerzte, und der Verlust meiner einzigen Gefährtin verletzte mich zutiefst. Ich wollte die Schule verlassen; doch ebenso wollte ich meinen Abschluß machen, ohne den ich niemals eine vernünftige Arbeit finden würde. Mit jedem Tag wurde es für mich wichtiger, meinen Vater zu finden. Mein Lebensweg schien zu einer endlosen, dunklen Straße ins Nichts geworden zu sein. Jedesmal, wenn es schien, als würde ich einen kleinen Fortschritt machen, versank ich gleich darauf in einem Strudel Treibsand und mußte mit aller Kraft darum kämpfen, nicht unterzugehen. Meine emotionale Kraft war am Schwinden, das konnte ich deutlich spüren, und mein Vertrauen in die Umwelt, die sich jeden Tag als mein Gegner erwies, wurde schwächer und schwächer.

Es gab niemanden, mit dem ich hätte reden können. Ich fühlte mich immer noch zu beschämt, als daß ich mit meiner Mutter hätte reden können; außerdem wußte ich, daß sie mich nicht verstanden hätte. Mein neues Kleid ließ sich nicht mehr reparieren, also warf ich es einfach in den Müll. Auf keinen Fall sollte meine Mutter es zu Gesicht bekommen.

Mir schien, als würde meine Welt zu einem Ende kommen. Unbeweglich wie ein Statue saß ich in unserem Haus und hielt mein Gesicht in den Händen. Ich hatte die Augen geschlossen, und ab und an lief eine Träne über mein aufgequollenes Gesicht.

Doch dann schien sich aus meinem inneren Dunkel mit einemmal ein Licht zu formen, das direkt in meine Wunden strömte. Das Licht teilte sich und wurde zu einer Quelle, aus der schließlich mein geliebter Fremder hervorkam. Obwohl er keine Flügel hatte, erinnerte er mich an die Abbildungen von Engeln, die ich in der Schulbücherei gesehen hatte. Weiche, leuchtende Lichtstrahlen tanzten um seinen Körper, und mir schien, als würde er mit mir sprechen, obwohl ich sein Gesicht immer noch nicht sehen konnte.

»Meine kleine Blume«, hörte ich ihn sagen. »es tut mir so leid, daß dein Leben so schwer ist. Ich habe dir einmal gesagt, wie wichtig Weisheit im Leben ist, und du bist immer noch dabei, Weisheit für dich zu gewinnen. Würde dein Leben unkompliziert und ohne Probleme verlaufen, würdest du niemals eine feinere Wahrnehmung der Dinge entwickeln. Bei jedem Problem, das vor dir auftaucht, hast du eine Wahl. Stammt deine Wahl aus deinem höheren Selbst, so wird sie richtig sein. Das hast du in deinem Erlebnis mit Harry bewiesen. Du hättest seinen Forderungen nachgeben und damit die Akzeptanz von ihm und seiner Clique gewinnen können, doch statt dessen hast du dir deine Ehre bewahrt, eine sehr weise Wahl! Vergiß nicht, daß du nicht auf dieser Erde bist, um Akzeptanz von anderen zu gewinnen. Dein Weg soll dich zu innerem Frieden führen, und indem du deine Seele reinigst, wirst du dich entwickeln.

Es war deine Wahl, in dieses Leben zu treten und diesen dornigen Weg zu begehen. Unter diesen Dornen liegen wunderbare, unberührte Rosen, die darauf warten, daß du ihren süßen Duft entdeckst. Und du wirst es tun, ich weiß, daß du es tun wirst ... wenn die Zeit gekommen ist! Jeder von uns wählt sein eigenes Schicksal, aber es liegt an uns, was wir am Ende daraus machen.

Eines Tages wirst du das verstehen. Bis dahin solltest du dich auf deine Studien konzentrieren. Du darfst niemals aufgeben. Mach weiter, und ich werde immer bei dir bleiben!«

Er hatte recht. Immer, wenn ich meinte, am Ende zu sein, tauchte er auf und ermutigte mich, weiter gegen den Berg anzusteigen, egal wie steil er mir scheinen mochte, wie ein Spieler, der nicht wissen konnte, ob er gewinnen oder verlieren würde. Wer immer er auch sein mochte, ich liebte ihn für die Tatsache, daß er mich ohne Ansehen meiner Person zu akzeptieren schien.

Meine Gefühle gegenüber Männern entwickelten sich derweil in die gleiche Richtung wie die meiner Mutter, und ich fühlte mit ihr, in der Annahme, daß vom Umgang mit Männern nichts als Leid kommen könnte. Niemals wieder in meinem Leben wollte ich mich in eine solch kompromittierende Situation begeben, wie ich sie im Strandhaus in Malibu durchlebt hatte. Der moralische Bankrott, der aus Harrys respektlosem Verhalten resultierte, hatte tiefe und schmerzliche Spuren in meiner Unternehmungslust und meinem Wagemut hinterlassen. Von nun an konzentrierte ich mich ganz und gar auf meine Hausaufgaben und graduierte mit besonderen Auszeichnungen, als ich sechzehn Jahre alt war.

Ich beobachtete die anderen Mädchen, wie sie Arm in Arm mit ihren Freunden spazierengingen oder mit zusammengesteckten Köpfen auf den Rasenflächen vor der Schule lagen, Händchen hielten und sich gegenseitig über die Haare strichen. Auch ich wollte gerne verliebt sein. Soweit mir bekannt war, war ich das einzige Mädchen, das nicht zum Abschlußball ging. Niemand hatte mich dazu eingeladen, und die Bildunterschrift unter meinem Foto im Jahrbuch meiner Abschlußklasse lautete: »Wird es im Leben höchstwahrscheinlich zu nichts bringen!«.

Aber ich machte mir zunehmend weniger aus verbalen Angriffen und war innerlich sehr stolz darauf, daß meine Ausdauer in der Schule zu einem Diplom mit besonderen Auszeichnungen geführt hatte. Jetzt lag ein neues Leben vor mir, und ich war fest entschlossen, es erfolgreich zu gestalten. Ich stellte mir eine schwarze Tafel vor, auf die ich mit Kreide die Hauptbegebenheiten der letzten sechzehn Jahre aufmalte – obwohl außer einem Haufen Elend wirklich nicht viel dabei herauskam; dann wischte ich meine miserable Vergangenheit ein für allemal ab.

Kurz darauf fand ich eine Anstellung als Kassiererin bei der Bank of America und tat von Anfang an alles, um meine Position auszubauen und zu verbessern. Wenn ich meine eigenen Pflichten erledigt hatte, bot ich meinen Kollegen Hilfe an und freute mich über ihre Anerkennung und Freundschaft – seltene Dinge, die mir in der Schule versagt geblieben waren. Jeden Pfennig, den ich mir von meinen Lebenshaltungskosten absparen konnte, legte ich auf die Seite. Für die Detektive, die ich bald anheuern würde, um meinen Vater zu finden.

Nach acht Monaten hatte ich genügend Geld gespart, um zumindest eine Anzahlung machen zu können, und suchte mir eine Detektei aus den Gelben Seiten des Telefonbuchs. Ich wählte die Nummer der größten Anzeige, in der Annahme, daß es sich dabei auch um eine der besten Agenturen handeln mußte.

Unerfahren wie ich war, nahm ich an, daß die Männer, die bei einer Detektei arbeiteten, zumindest aussahen wie Dick Tracy in der Sonntagsbeilage der Zeitung und sich auch dementsprechend verhielten, inklusive Funkgeräten in der Armbanduhr und schwarzen Filzhüten. Als ich das

Büro zum erstenmal betrat, sah der ›Gummischuh‹ hinter seinem Schreibtisch eher aus wie ein Buchhalter und nicht wie jemand, der über die notwendige Intelligenz und List verfügte, eine vermißte Person ausfindig zu machen. Er hatte einen kleinen, beinahe gequetscht wirkenden Kopf, und sein Haar sah aus, als habe sich jemand mit einem alten Rasenmäher darüber hergemacht. Er trug ein dünnes Drahtgestell als Brille, die er gefährlich weit unten auf der Nase balancierte. Sein Mund war schmal, und in dem spärlichen Gewächs über seiner Oberlippe hingen noch die Reste seines Frühstücks.

»Meine Sekretärin sagte mir, daß Sie mich mit der Auffindung Ihres Vaters beauftragen wollen. Wo hält er sich zur Zeit auf?«

»Wenn ich das wüßte, bräuchte ich mich nicht an Sie zu wenden!« erwiderte ich, einigermaßen erstaunt über seine unverblümte Dummheit.

»Er hat meine Mutter am Tag meiner Geburt verlassen, und ich habe kaum Anhaltspunkte über ihn. Ich weiß lediglich, daß sein Name Major Benjamin Firestone ist und er ungefähr fünfundfünfzig Jahre alt sein muß. Vor siebzehn Jahren besaß er einen kleinen Gemüsemarkt im Silverlake Distrikt. Ich bin selbst dortgewesen, um etwas über ihn herauszufinden, aber mehr als seine ungefähre Größe und die Tatsache, daß sein Haar sandfarben ist, habe ich auch nicht erfahren können.«

»Es wird ganz gewiß noch weitere Informationen geben. Was hat Ihre Mutter Ihnen über Ihren Vater erzählt?« erkundigte sich der Detektiv, und ein Krümel fiel aus seinem Bart auf die Papiere vor ihm. Mit einer Handbewegung wischte er ihn fort.

»Unglücklicherweise gar nichts. Sie weigert sich, über ihn zu sprechen, und mein Bruder war erst zwei Jahre alt, als mein Vater verschwand; er erinnert sich also kaum an ihn. Andere Verwandte habe ich nicht. Ich kann also niemanden nach ihm befragen.«

»Ich nehme an, daß er die amerikanische Staatsbürgerschaft besitzt. Wie steht es mit seiner Religion?«

»Ich weiß es wirklich nicht. Die Eltern meiner Mutter sind bald nach meiner Geburt gestorben, deshalb habe ich sie nie zu Gesicht bekommen. Allerdings hat meine Mutter erwähnt, daß mein Großvater ein Rabbi gewesen sei, aber meines Wissens sind wir keine Juden, und ich weiß nichts über die jüdische Religion. Sollte mein Vater noch lebende Verwandte haben, so habe ich sie nie zu Gesicht bekommen. Meine Mutter wurde in Ungarn geboren; vielleicht stammt er auch daher, aber ich bin mir nicht sicher.«

»Nicht gerade viel. Hat er Ihnen oder Ihrer Mutter jemals geschrieben oder sie besucht, seitdem er verschwunden ist?«

»Verstehen Sie doch endlich, er ist an meinem Geburtstag verschwunden, und ich habe seitdem keinerlei Kontakt mit ihm gehabt. Ich weiß nicht einmal, ob er noch am Leben ist.«

Bis zu diesem Augenblick hatte ich nicht daran gedacht, daß mein Vater möglicherweise nicht mehr am Leben war. Der Gedanke erschreckte mich derart, daß ich ihn sofort aus meinem Bewußtsein bannte – er mußte einfach am Leben sein und irgendwo darauf warten, sein eigen Fleisch und Blut kennenzulernen! Tränen schossen mir in die Augen, und Frustration über den dummköpfigen Detektiv stieg wie kochendes Wasser in mir hoch. Bisher waren mir seine Fragen vollkommen nutzlos erschienen. Er hatte mir überhaupt nicht zugehört.

»Ihr Fall liegt schwierig«, sagte er. »Zunächst werden wir untersuchen müssen, ob wir eine staatlich beglaubigte Todesurkunde finden können. Wenn nicht, werden wir versuchen, ihn durch seine Sozialversicherungsnummer ausfindig zu machen. Falls er nicht arbeitet, wird allerdings auch das nicht viel bringen. Ohne den kleinsten Anhaltspunkt darüber, wo er lebt oder wo seine Angehörigen stecken, müssen wir buchstäblich bei Null anfangen. Es kann eine Weile dauern, aber unsere Chancen, ihn zu finden, stehen nicht schlecht. Sie haben die beste Detektei in Kalifornien gewählt, und wir finden fast jeden, den wir finden wollen.«

Ich erklärte ihm, daß ich dreihundert Dollar gespart hatte.

»Ich kann Ihnen unmöglich im voraus sagen, wieviel unsere Suche insgesamt kosten wird«, sagte er, »es hängt ganz davon ab, wieviel Zeit wir brauchen, um Ihren Vater zu lokalisieren. Die dreihundert reichen erst einmal als Anzahlung. Ich werde Sie über den Fortschritt der Untersuchungen und meine Auslagen auf dem laufenden halten.«

Nervös griff ich in meine Handtasche und überreichte ihm das Geld.

»Sir, meinen Vater zu finden ist die wichtigste Sache der Welt für mich! Bitte unternehmen Sie alles in Ihrer Macht Stehende, um ihn so bald wie möglich ausfinding zu machen.«

Ich begann wieder zu weinen und verließ das Büro in dem festen Glauben, daß mein Vater bald gefunden werden würde. Gleichzeitig überfielen mich tiefe Zweifel an der Kompetenz des angeheuerten Detektivs. Ich berichtete meiner Mutter von meinem Unterfangen, und für eine Minute starrte sie mich ungläubig an.

»Das hättest du nicht tun sollen«, sagte sie mit grabestiefer Stimme. »Schlafende Hunde soll man nicht wecken. Wenn dein Vater sich wirklich etwas aus dir machen würde, hätte er längst versucht, dich zu finden. Als ich mit dir schwanger war, zwang er mich jeden Tag, heiße Senfbäder zu nehmen und schwere Kisten zu schleppen. Er wollte unbedingt eine Fehlgeburt einleiten, aber du warst fest entschlossen, auf die Welt zu kommen. Er hat dich nie gewollt, verstehst du das nicht?«

Ihr Gesicht sah aus, als würde sie gefoltert. Sie berührte mich mit ihrer Hand, und ihre Augen füllten sich mit Tränen.

»Weshalb wollte er unbedingt verhindern, daß ich geboren werde, Mutti? Weshalb hat er mich schon gehaßt, bevor ich auf die Welt gekommen bin?«

Mir war, als müßte ich mich jeden Augenblick übergeben.

»Ich hätte dir all dies nicht erzählen sollen. Es gibt so vieles, wovon du keine Ahnung hast, und so vieles, was du niemals verstehen wirst. Ich weiß nicht, weshalb er dich nicht wollte oder weshalb er einfach verschwunden ist. Kannst du, um Gottes willen, nicht sehen, wie sehr ich gelitten habe? Glaubst du, ich will aus reiner Grausamkeit dir gegenüber nicht über ihn reden? Wenn ich die Antworten auf deine Fragen wüßte, hätte ich sie dir schon vor Jahren gegeben. Ich weiß ebensowenig wie du und trage diesen Schmerz seit der Zeit vor deiner Geburt mit mir herum, ohne ihn mit jemandem teilen zu können. Falls du ihn finden solltest, wirst du vielleicht den Grund für sein Benehmen verstehen. Vielleicht hilft die Wahrheit dir dabei, deinen Frieden zu finden.«

»Mutter, laß uns nicht weiter darüber reden«, sagte ich. »Wir werden schon sehen, was die Zeit bringt. Ich habe jedenfalls genügend Geld für eine Anzahlung und eine Renovierung unseres Hauses gespart. Ich möchte es ein wenig wohnlicher für uns machen.«

Ich beauftragte einen Mann, die kleine Hütte zu reinigen und mit einem neuen Anstrich zu versehen, und nach und nach verbesserten sich unsere Lebensbedingungen. Seit dem Auszug meines Bruders waren meine Mutter und ich uns nähergekommen. Sie merkte, daß sie sich im Alter auf meine Unterstützung würde verlassen können, und öffnete sich mir gegenüber mehr und mehr. Es wurde geradezu harmonisch zwischen uns. Meinen Bruder und seine Brutalität vermißte ich nicht.

Ohne mich davon zu unterrichten, hatte meine Mutter eine Ausbildung als Kosmetikerin gemacht. Eines Tages überraschte sie mich mit einem Diplom in Kosmetik sowie der Tatsache, daß sie eine Anstellung als Schönheitspflegerin gefunden hatte. Von nun an würde sie eine geregelte Arbeitszeit haben und doppelt soviel verdienen wie als Putzfrau. Ich bewunderte ihre Ausdauer und ihren Mut, die es ihr erlaubt hatten, neben ihrer Knochenbrecherabeit mit nur mangelhaften Englischkenntnissen eine solche Verbesserung ihres Lebensstandards herbeizuführen.

Ich gratulierte ihr vor Scottys Käfig, der immer noch am Leben war und weiterhin tagaus, tagein herumtönte. Meine Mutter sang mit ihm, und ich freute mich an ihrer fröhlichen Stimme und wünschte mir, daß auch andere Menschen ihre wunderschöne Stimme hören könnten. Kurz nachdem sie ihre neue Arbeitsstelle angetreten hatte, ging dieser Wunsch in Erfüllung. Als einzige Nichtitalienerin wurde sie in einer italienischen Operntruppe aufgenommen, die an den Wochenenden Aufführungen gab. Sie hatte zwar Probleme mit der englischen Sprache, doch erfuhr ich, daß sie acht andere Sprachen, fließend beherrschte. Wieder merkte ich, daß ich über meine Mutter beinahe gar nichts wußte.

Sie nähte ihre eigenen Kostüme, und ich besuchte regelmäßig ihre Aufführungen. Obwohl sie nur im Chor sang, erschien sie mir wie die einzige Sängerin auf der ganzen Bühne. Sie war von einer neuen Vitalität beseelt, und in meinen Ohren übertönte das Timbre ihrer Stimme selbst die Solisten. Trotz ihrer geringen Körpergröße verfügte sie über einen kraftvollen Sopran und legte soviel Hingabe in jede der Arien, daß sie zum Liebling des Stammpublikums wurde, das jede Aufführung der Truppe besuchten.

Beide hatten wir unseren Erfolg aus eigener Kraft erreicht. Meine Liebe und mein Respekt für sie wuchsen. Ich merkte, daß wir uns in vielen Dingen stark ähnelten – beide verfügten wir über einen eisernen Willen. Wie zwei Lachse hatten wir Jahre damit zugebracht, gegen den Strom zu schwimmen und es schließlich geschafft, die Strömung des Flusses zu überwinden und zur Quelle unserer Identität zu gelangen.

Parallel dazu erweiterte sich der Kreis meiner Freunde. Eine meiner Freundinnen war Patsy, Sekretärin in der Bank, bei der ich angestellt war. Wir hatten vieles gemeinsam, da wir beide in ärmlichen Verhältnissen aufgewachsen waren und uns aus eigener Kraft hatten durchbeißen müssen. Eine Weile verbrachten wir fast jeden Abend zusammen und tauschten unsere Erfahrungen aus. An den Wochenden gingen wir gemeinsam zum Strand, besuchten Vorlesungen, gingen ins Kino oder in Vergnügungsparks. Besonders Filme erschienen uns als eine angenehme Abwechslung und Flucht vor dem Alltag. Wir identifizierten uns mit den Heldinnen und ihren abenteuerlichen Geschichten, die unseren langweiligen Alltag an Intensität bei weitem zu übertreffen schienen.

Auf dem Heimweg vom Kino erzählte Patsy mir eines Abends von einem Big-Band-Konzert, das in einem großen Ballhaus auf dem Pier abgehalten werden sollte. Spike Jones, Harry James und Spade Cooley sollten am nächsten Freitag dort auftreten. Sie überzeugte mich davon, daß es für uns beide an der Zeit sei, ein paar neue Bekanntschaften zu machen, gute Bands zu sehen und vielleicht sogar ein wenig zu tanzen.

Was Männer anging, bekam ich immer noch einen schlechten Geschmack im Mund, wenn ich nur an sie dachte. Doch mit zunehmendem Alter kam es mir auch immer häufiger in den Sinn, einen passenden Lebensgefährten zu finden, und ich hoffte, daß irgendwo jemand auf mich warten würde, der meine Werte und Vorstellungen teilte.

Als die große Nacht endlich anbrach, war ich sehr aufgeregt. Mein dünner Körper war erwachsen geworden und füllte mein Samtkleid. Meine schmalen Hüften ließen meine großen Brüste noch größer erscheinen. Meine Beine waren lang und schlank wie die eines Mannequins, und ich hatte gelernt, mit Hilfe von ein wenig Rouge und Schminke das Beste aus meinem Typ zu machen. Männer fanden mich attraktiv – jedenfalls schienen ihre Pfiffe auf der Straße anzudeuten, daß sie mochten, was sie sahen.

Ich streckte meine Arme gen Himmel und holte tief Luft. Dann fragte ich die Welt, ob sie bereit für mich sei. Froh und gleichzeitig stolz öffnete ich die Tür, als Patsy klopfte.

Als ich sah, daß auch andere Frauen ohne männliche Begleitung den Tanzabend besuchten, wuchs mein Selbstvertrauen. Und zu meiner Beruhigung waren die anderen Frauen auch nicht besser aufgemacht oder sahen besser aus als ich.

Fröhlich und sorglos betrat ich den Ballsaal, wo einige Paare bereits so eng tanzten wie siamesische Zwillinge. Ausgelassen klopfte ich mit dem Fuß den Rhythmus zur Musik und sang sogar mit, wenn ich die Lieder kannte.

Ein hochgewachsener, schlanker Mann mit leuchtenden blauen Augen starrte mich ohne Unterlaß an. Anstatt wie gewöhnlich den Kopf zu senken, warf ich ihm ein halbherziges Lächeln zu, bevor ich mich wieder der Band zuwandte. Er kam zu mir, stellte sich vor und bat mich um den nächsten Tanz. Es war mir peinlich, sagen zu müssen, daß ich noch nie in meinem Leben getanzt hatte, aber ich hatte mir geschworen, ehrlich zu sein, und wollte auch jetzt keine Kompromisse eingehen.

»Vielen Dank, aber ich habe nicht die leiseste Ahnung, wie man tanzt.«

»Kein Problem, das kann ich dir beibringen. Stell einfach deine Füße auf meine. So bekommst du im Handumdrehen ein Gefühl für den Rhythmus.«

»Du machst wohl Witze. Ich werde deine Schuhe ruinieren, und außerdem bin ich viel zu schwer.«

»Du bist so leicht wie eine Feder im Wind. Tu, was ich dir sage, und in kürzester Zeit wirst du besser tanzen können als Ginger Rogers.«

Nach einigen Runden auf der Tanzfläche nahm ich meine Füße von seinen, und wir tanzten bis spät in die Nacht. Anschließend fuhr er mich und Patsy nach Hause und setzte sie zuerst ab, um mit mir allein zu sein. Er lud mich ein, nächstes Wochenende das Erntedankfest mit ihm zu verbringen, und küßte mich zum Abschied sanft auf die Wange. Wie auf Wolken glitt ich durch die Haustür.

Am Tag unseres nächsten Treffens hatte meine alte Unsicherheit ihr häßliches Haupt erhoben, und ich zweifelte daran, daß er sich überhaupt blicken lassen würde; aber gerade als meine Nervosität ihren Höhepunkt erreicht zu haben schien, tauchte er mit einem Strauß Rosen im Arm vor meiner Tür auf.

»Blumen für Julia von Romeo«, sagte er. »Du bist heute abend wunderschön. Ich werde dich mit zum Picknick in die Berge nehmen, an einen See, in dem ich dich und dein Spiegelbild zugleich bewundern kann.«

Mein Herz schmolz bei seinen Worten wie Schneeflocken in der Sonne. Seine romantische Art lag mir. Instinktiv wußte ich, daß ich zum ersten Mal einen Mann getroffen hatte, dem ich vertrauen konnte.

In den Bergen angekommen, wanderten wir durch Wiesen voller Blumen, bis wir uns am Seerand unter einer Trauerweide niederließen, deren Zweige in das stille Wasser hingen. Er zauberte eine Köstlichkeit nach der anderen aus seinem Picknickkorb: Truthahn, Preiselbeeren, Kartoffelsalat, Kürbistorte und eine Flasche Wein. Er breitete alles auf einem rotweißen Leinentuch vor uns aus, sagte ein Dankgebet und reichte mir meinen Teller. Eine halbe Ewigkeit lang starrte ich auf den Truthahn, konnte mich aber nicht überwinden, etwas davon in den Mund zu nehmen.

»Magst du keinen Truthahn?« erkundigte er sich. »Du ißt ja gar nichts.«

»Ich habe noch nie in meinem Leben Truthahn probiert«, sagte ich. »Ich bin Vegetarierin.«

»Versuch's einfach mal«, sagte er. »Heute sind wir zum ersten Mal zusammen, und ich möchte, daß wir heute alles miteinander teilen.«

Er schnitt ein kleines Stück Fleisch ab und hielt es mir vor den Mund. Zögernd nahm ich es und war angenehm überrascht über den köstlichen Geschmack des Vogels. Ich dachte an die Jahre, in denen ich nichts außer Früchten und Gemüse gegessen hatte, und war froh, daß diese Zeit endlich ein Ende gefunden hatte.

Wir saßen zusammen, aßen, tranken und lachten. Ich trank sogar ein paar Schlucke Wein mit ihm – eine weitere neue Erfahrung. Ich begann, die Welt mit neuen Augen zu sehen.

Es war beinahe Winter. Die Luft war frisch und wurde schließlich so kalt, daß meine Wangen sich rot färbten und meine Nasenspitze taub wurde. Die Sonne stand tief und schien durch das Laub. Der kurze Zeitraum zwischen Herbst und Winter erschien mir jetzt wie die Zeit im Leben eines Mädchens, das eben zur Frau wird. Ich streifte mein mädchenhaftes Verhalten ab, so wie die Bäume über mir ihre Blätter verloren. Der Lebenssaft in den kahlen Zweigen ruhte, um den Blumen, die hier im

Frühjahr blühen würden, Schutz zu gewähren, wenn die Landschaft und ich zur gleichen Zeit neu geboren werden würden. Wenn die Farben wechseln, die Muster sich verändern und die Natur mit einemmal explodieren und neuen Kreationen Raum gewähren würde – eine neue Jahreszeit und eine neue Frau.

Mein Kopf war in hellem Aufruhr, während seine süßen Küsse auf meinen Lippen schmolzen wie reife Brombeeren.

Kapitel IV

Endlich war ich verliebt. Zaghaft und allmählich entfaltete sich dieses Gefühl, bis ich mich darin sicher fühlte und es schließlich ganz mir zu gehören schien.

Bob lebte ungefähr hundert Kilometer von mir entfernt in einem kleinen Badeort namens Balboa. Er war in der Bauindustrie tätig und gab sich alle Mühe, einen angemessenen Lebensunterhalt zu verdienen. Doch hing der Umfang seiner Arbeit von den Wetterbedingungen ab, so daß er Schwiergkeiten hatte, ein dauerhaftes Einkommen vorzuweisen.

Er behandelte mich so rücksichtsvoll und behutsam, wie ich es von meinem Vater erwartet hätte; ich ertappte mich dabei, wie ich mehr und mehr in Träumen über eine Zukunft versank, in der beide Männer Teil meines Lebens sein würden.

Die Detektei hatte meinen Vater bis nach Arkansas zurückverfolgt, ihn dort jedoch aus den Augen verloren. Sie versicherten mir, daß ihre Untersuchungen Fortschritte machten, und mit blindem Vertrauen in ihre Fähigkeiten wartete ich auf den Tag, an dem sie mich von dem Erfolg ihrer Suche verständigen würden. Bob eröffnete mir währenddessen eine völlig neue Welt. Er war entzückt über mein kindliches Erstaunen, als wir an unseren gemeinsamen Wochenenden zum erstenmal das Theater und das Museum besuchten. Was ich an mir für dümmlich hielt, hielt er für erfrischend und unverdorben.

Wir planten einen Besuch in Palm Springs, dem berühmten Erholungsort in der kalifornischen Wüste. Meine ganze Aufregung und freudige Erwartung über die bevorstehende Reise wurde durch den Anblick der zauberhaften Wüstenlandschaft noch übertroffen. Die Schattenspiele auf den entfernten Bergen produzierten eine solche Farbenvielfalt, daß selbst der talentierteste Maler es nicht gewagt hätte, sie auf die Leinwand zu bannen. Königspurpur, schimmernde Goldtöne und jede Nuance von Rot verschmolzen ineinander und bildeten ein fantastisches Kaleidoskop über den stillen, vom Wind geschaffenen Sanddünen. Grüne Kakteen trotzten der unwirtlichen Hitze und standen stolz in der gleißenden Sonne. Ein einsamer Adler drehte weit über uns seine Kreise und schien durch die Wolken am Himmel gerahmt zu sein wie eine kunstvolle Fotografie. Ich sah zu, wie anmutig er auf eine Bergspitze zusegelte, auf der ich sein Nest und seinen Partner vermutete, der auf seine Rückkehr wartete. Wie gesagt, ich war verliebt.

Wir wanderten auf die Berge zu und stießen auf einen Wasserfall, der sich in einen sprudelnden Fluß ergoß, in dem wir ein Bad nahmen. Wie Adam und Eva lagen wir in der Sonne und aßen süße, klebrige Datteln, die wir von den umstehenden Bäumen gepflückt hatten.

Rechtzeitig zum Sonnenuntergang trafen wir wieder an der Küste ein und aßen auf einem Sonnendeck eines exklusiven Fischrestaurants in Redondo Beach zu Abend. Es war auf Pfeilern über dem Wasser errichtet worden, und wir spürten die Gischt auf unseren Gesichtern.

Ich selbst kam mir vor wie der Ozean in seinen mannigfaltigen Erscheinungsformen. In einem Moment war ich ruhig und zärtlich, wie eine Mutter, die die Wangen ihres Kindes streichelte; dann wieder schienen tobende Wellen durch meinen Körper zu schießen und mich aufzuwühlen.

»Woran denkst du, Prinzessin? Es scheint, als wärst du tausend Meilen entfernt.«

»Ich habe gerade daran gedacht, in wie vielen Formen sich das Meer zeigt.«

Bob lachte. »Wie wäre es mit einem Happen zu essen?« sagte er.

Ich blickte auf die Speisekarte, eine kilometerlange Liste, die lauter mir unbekannte Speisen aufführte. Ich hatte noch nie in meinem Leben Fisch gegessen und nicht die geringste Ahnung, was ich bestellen sollte.

»Du kennst dich besser aus«, sagte ich. »Bestell einfach, was du für richtig hältst. Was dir schmeckt, schmeckt mir bestimmt auch.«

»Ich werde die Spezialität des Hauses bestellen, Hummer aus Neu-England, dazu einen gemischten Salat und gebackene Kartoffeln mit saurer Sahne.«

Nach einiger Zeit tauchte ein Teller mit einer enormen grellroten Kreatur auf, die aussah, als wäre sie gerade aus dem Weltall auf die Erde gestürzt. Fassungslos starrte ich auf das Schalentier und fragte mich, wie in aller Welt ich es essen sollte. Es war mir peinlich zuzugeben, daß ich noch nie in einem vornehmen Restaurant gewesen war, geschweige denn Hummer gegessen hatte. Deshalb wartete ich ab, wie Bob das rote Monster angehen würde. Er nahm eine der riesigen Scheren und legte eine Art Nußknacker herum. Er knackte die Schale, und mit Hilfe einer kleinen Gabel holte er ein Stückchen weißen Fleisches hervor, das er langsam auf der Zunge zergehen ließ. Jetzt war ich an der Reihe. Das einzige, was ich über Meeresfrüchte wußte, war, daß man sie gewöhnlich mit Zitronen satt beträufelte. Also nahm ich eine kleine Schale vom Tisch, in der eine Scheibe Zitrone schwamm, und goß den Inhalt über meinen Hummer. Dann ergriff ich eine der schlüpfrigen Zangen, legte den Nußknacker herum und versuchte mit aller Macht, die Schale zu knacken. Wie aus einer Kanone geschossen, raste die Zange des Tieres durch den Raum und landete direkt auf dem Nachbartisch. Die Frau dort starrte mich fassungslos an; dann lachte sie, wickelte ihre Serviette um die Hummerklaue und brachte sie mir an den Tisch. Im selben Augenblick trat der Kellner an unseren Tisch und sagte mit befremdlichem Blick:

»Es scheint, als habe Madame ihre Fingerschale umgestoßen.«

Mir war der Hals wie zugeschnürt, und ich brachte kein Wort heraus. Was ich für Zitronensaft gehalten hatte, war Waschwasser für meine klebrigen Hände gewesen. Kein Wunder, daß die Hummerklaue mir aus der Zange gerutscht war!

»Warum hast du mir nicht gesagt, daß du keine Ahnung davon hast, wie man einen Hummer ißt?« kicherte Bob.

»Bevor wir uns kannten, habe ich weder Fisch noch Fleisch oder Wild gegessen, und dies ist mein erster Besuch in einem Luxusrestaurant. Tut mir wirklich leid, daß ich mich so dämlich angestellt habe.«

Anstatt sich lustig über mich zu machen, zeigte er mir mit der Geduld eines Vaters, wie ich meinen Hummer zu knacken hatte.

Während ich ihm zuschaute, fiel meine Entscheidung.

Ich würde diesen Mann heiraten. Mit einemmal sah ich vor meinem inneren Auge Bilder von einem kleinen weißen Holzhaus mit sonnigen Zimmern und einer modernen Küche, in der ich für ihn kochen würde. Ich hörte schon die Worte vor dem Traualtar: »Und hiermit erkläre ich euch zu Mann und Frau, bis daß der Tod euch scheidet!«

Der Funken der Liebe, der jahrelang darauf gewartet hatte, entzündet zu werden, war jetzt zu voller Flamme aufgelodert, und mit all meinen aufwallenden Emotionen küßte ich Bob auf die Wange.

»Ich danke dir dafür, daß du bist, wer du bist!«

Bob öffnete weiterhin Türen für mich. Er nahm mich mit in Ballettveranstaltungen und zeigte mir seine Welt. Er wußte, wie sehr ich das Meer liebte, und brachte mir bei, wie man schnorchelt. Von da an verbrachte ich Stunden unter Wasser und schwamm mit regenbogenfarbenen Fischen in dem endlosen Blau des Pazifischen Ozeans.

Als Weihnachten nahte, hatte Bob eine kleine Hütte in den Bergen von San Bernardino gemietet. Bis dahin war Weihnachten nicht mehr als ein Wort für mich gewesen, daheim hatten wir nie gefeiert.

»Dies wird mein erstes richtiges Weihnachtsfest«, sagte ich zu Bob, während sich unser Wagen die Serpentinen durch den Pinienwald hinaufschlängelte. Im Picknickkorb zwischen meinen Füßen hatte ich die Geschenke für ihn versteckt – einen neuen Werkzeugkasten und eine zusammenklappbare Angelrute.

Die Wintersonne stand hoch am Himmel, als wir anhielten und ich hinaus in den frischen Schnee stürmte, um ihn mit meinen Händen zu berühren. Er war so trocken, daß er vom Wind davongetragen wurde, als ich ihn in die Luft warf. Bob schüttete ein wenig Wein in zwei mitgebrachte Papierbecher und füllte sie mit frischem Schnee. So tranken wir und aßen mit den Fingern burgunderfarbenen Schnee.

Das kleine Holzhaus stand mitten im Wald. Mit seinem schneebedeckten Dach sah es aus wie eine Hütte aus einem alten Märchen. Wir richteten uns ein, und Bob entfachte ein krachendes Feuer im Kamin. Ich dekorierte den Raum mit Weihnachtssternen und lippenstiftroten Blumen, dann drehten wir das Radio an und lauschten den Weihnachtsliedern.

Wir lagen auf der riesigen Couch, die zur Einrichtung gehörte, und Bob hielt mich in seinen Armen und küßte mein Gesicht. Langsam fuhr seine Hand unter meine Bluse und liebkoste meine Brüste. Ich spürte, wie sich meine Nippel unter der Berührung seiner Hand aufrichteten und ich erregt wurde. Ich ließ ihn gewähren, bis seine Hand mein ›V‹ erreicht hatte – einen Ort, den kein Mann je berührt hatte. Ich zog mich zurück.

»Was ist los? Weshalb hast du mich weggestoßen? Ich liebe dich, das weißt du doch, oder?«

Wie sehr hatte ich davon geträumt, diese drei Worte aus dem Munde eines Mannes zu hören. Ich atmete tief ein, und mit einem langen Seufzer antwortete ich: »Ich liebe dich auch! Nichts ist los. Ich habe niemals vorher sexuellen Kontakt mit einem Mann gehabt, und ich bin der festen Überzeugung, daß eine Frau sich nur ihrem Ehemann hingeben sollte.«

»Mein ganzes Leben habe ich auf eine Frau wie dich gewartet, eine Frau, die ich heiraten kann und die meine Kinder haben wird – jetzt habe ich sie gefunden! Willst du meine Frau werden?«

Endlich war der Augenblick gekommen, auf den ich so lange gewartet hatte. Er hatte mir einen Heiratsantrag gemacht. Ich war so glücklich wie noch nie in meinem Leben.

»Ja, ja, ja!« murmelte ich, während wir uns küßten.

Er streifte einen Diamantring über meinen Ringfinger und küßte mich, bis ich keine Luft mehr bekam. Schließlich gingen wir zu Bett und zogen uns die Decke über den Kopf. Bob respektierte meinen Wunsch, mit dem Sex bis zu unserer Hochzeitsnacht zu warten, und schlief, den Kopf auf meiner Brust, ein, seine Hand immer noch in meinem Haar.

Am nächsten Morgen bereiteten wir uns ein opulentes Weihnachtsessen und packten unsere Geschenke aus. Er schenkte mir ein rosafarbenes Negligé und ein dazu passendes Nachthemd. Es waren die weiblichsten Kleidungstücke, die ich je besessen hatte, und ich nahm mir vor, sie in unserer Hochzeitsnacht zu tragen.

Am Morgen fuhren wir zurück. Während der Fahrt setzten wir den Termin für unsere Hochzeit für das Frühjahr fest. Meine Mutter empfing uns an der Eingangstür. Wie ein ausbrechender Vulkan packte ich sie und schwenkte sie herum.

»Großer Gott, was ist jetzt passiert?« fragte sie kichernd.

»Mutter, sag guten Tag zu deinem zukünftigen Schwiegersohn. Wir werden heiraten!«

»Du heiratest? Wie wunderbar!«

Ich hatte keinen Augenblick an ihrer Reaktion gezweifelt. Herzlich umarmte sie uns beide.

»Wann ist der große Tag? Ich bin so aufgeregt!«

»Am zehnten April«, strahlte ich. »Hilfst du uns mit den Vorbereitungen?«

»Meine Kleine heiratet. Ich habe für diesen Tag gebetet.«

Sie langte unter ihr Bett und holte ein riesiges Sparschwein hervor.

»Seitdem du ein kleines Kind warst, habe ich für diesen Tag gespart. Hier ist genügend Geld für dein Hochzeitskleid und die Feier«, sagte sie liebevoll.

»Mutti, ich bin verrückt vor Freude.«

Bob küßte meine Mutter auf die Wange und entschuldigte sich. Er hatte noch einen langen Heimweg vor sich.

»Ich werde mich gut um Ihre Tochter kümmern. Ich werde ihr ein guter Ehemann sein, und wenn ich kann, so möchte ich auch Ihnen behilflich sein. Betrachten Sie mich als Ihren Sohn!«

»Liebst du ihn wirklich?« fragte meine Mutter, nachdem Bob gegangen war. »Du bist noch nicht einmal achtzehn. Er ist nett, aber lange kennt ihr euch nicht gerade.«

»Mutter, was ist Liebe? Er ist der erste Mann in meinem Leben. Ich glaube, daß ich ihn liebe. Wenn ich bei ihm bin, geht es mir gut, und ich werde endlich ein neues Leben beginnen. Ja, ich glaube, ich liebe ihn.«

»Solange du glücklich bist«, sagte sie, offenbar zufrieden mit meiner Antwort. »Alles andere ist unwichtig.«

Am Tag unserer Hochzeit war ich so aufgeregt wie eine Schauspielerin vor ihrem ersten Auftritt. Was war, wenn Bob nicht auftauchen würde? Seit zwei Wochen hatte er nichts von sich hören lassen, keinen Anruf, nicht einmal einen Brief. Vermutlich war er zu beschäftigt; ganz gewiß würde er mich nicht im Stich lassen, beruhigte ich mich. Heute würde ich seine Frau werden.

Unsere Hochzeit sollte im Garten einer Kundin meiner Mutter stattfinden, unter einem weißen Gittergazebo, der mit frischgepflückten Gänseblümchen geschmückt war. Alles war perfekt. Auf dem Hochzeitskuchen befanden sich als Dekoration kleine Tauben aus Zuckerguß, und die enormen Essensmengen auf den Silbertabletts waren von den Kunden meiner Mutter gespendet worden.

Lediglich mein Vater fehlte – es sei denn, ich hätte den geheimnisvollen Unbekannten mitgezählt, den ich seit einiger Zeit nicht mehr zu Gesicht bekommen hatte. Vielleicht, so dachte ich, war er nur eine Illusion gewesen, die durch meine Einsamkeit hervorgerufen worden war. Es mochte seltsam klingen, aber er fehlte mir. Er wußte mehr über mich als jeder andere Mensch.

Mit einemmal mußte ich an die bevorstehende Hochzeitsnacht denken, und nackte Angst überwältigte mich. Meine Mutter hatte mir immer noch nicht gesagt, was ich in meinem Hochzeitsbett zu tun hatte.

»Mom, ich muß mit dir reden. Heute nacht ist meine Hochzeitsnacht, und ich habe nicht die geringste Ahnung von Sex. Ich möchte Bob glücklich machen, was soll ich tun?« fragte ich sie aufgeregt.

Eigentlich hätte ich auf ihre Antwort vorbereitet sein sollen.

»Seit Jahren sage ich dir, daß dein Ehemann dir alles über Sex beibringen wird. Ich verstehe wirklich nicht viel von Sex. Um ehrlich zu sein, hat es mir nie Spaß gemacht. Sex ist dazu da, Kinder zu zeugen. Wenn Frauen zu viel Sex haben, fallen ihre Geschlechtsteile heraus, also sei vorsichtig. Solange du das nicht vergißt, kann dir nicht viel passieren!«

Sie klopfte mir auf die Schulter, als würde sie ein kleines Hündchen tätscheln, und entfernte sich.

»Ich muß mich jetzt um die Hochzeitsfeier kümmern und die Gäste empfangen.«

Mit einem Schlag war meine Freude dahin. Ich stellte mir vor, wie meine Geschlechtsteile nach dem Liebesakt aus meinem Unterleib fielen und vom Bett auf den Boden rutschten, wo sie als blutige Masse liegen blieben. Ich wollte ein ernstes Wort mit Bob reden. Bestimmt würde er meine Bedenken verstehen und einwilligen, keinen Sex zu haben, bevor wir nicht bereit für die Geburt eines Kindes waren.

Die Gäste hatten bereits Platz genommen, als mein zukünftiger Ehemann im weißen Frack mit einer Rosenblüte im Knopfloch eintraf. Ich verdrängte meine morbiden Gedanken und freute mich statt desssen an meinen bunt verpackten Geschenken und der herrlichen Dekoration.

»Liebling, ich bin so aufgeregt. Meine Knie zittern, und mein Strumpfband rutscht.« Ich kicherte nervös. »Ich hoffe, es ist kein schlechtes Zeichen, daß du mich vor der Zeremonie in meinem Hochzeitskleid siehst – tu bitte so, als hättest du mich nicht gesehen, bis wir zusammen zum Altar schreiten.«

Lachend schob ich ihn von mir, und er grinste wie eine Katze, die gerade einen Kanarienvogel verspeist hat. Scotty war übrigens bei meiner

Hochzeit anwesend und sang fröhlich mit, als Patsy den Hochzeitsmarsch ›It had to be you‹ intonierte.

Langsam setzte ich einen Fuß vor den anderen, während ich im Zustand reiner Ekstase den Weg zum Altar abschritt. Wir leisteten unsere Hochzeitsschwüre, tauschten die Ringe, und dann sagte der Priester seine magischen Worte: »Hiermit erkläre ich euch zu Mann und Frau.«

Bob lüftete meinen Schleier und riß mich aus meiner Trance. Liebevoll küßte er mich unter dem Beifall der Anwesenden auf den Mund.

Danach feierten wir, tanzten zu der Musik von Bobs Freunden, einer Band aus Balboa, und tranken Champagner aus edlem Kristall. Als Bob meine Hand ergriff und gemeinsam mit mir den Hochzeitskuchen anschnitt, sah ich, wie Freudentränen über die Wangen meiner Mutter liefen.

Ich war ein wenig betrübt, daß mein Bruder nicht gekommnen war und so seine ultimative Ablehnung mir gegenüber bewiesen hatte. Doch besaß ich mittlerweile genügend Lebenserfahrung, um zu wissen, daß ich daran keine Schuld trug. Er haßte das Leben und hatte beschlossen, sich als Einsiedler zurückzuziehen. Er tat mir leid.

Nachdem wir sichergestellt hatten, daß unsere Gäste gut versorgt waren, schlichen wir uns durch die Hintertür davon und machten uns auf den Weg nach Lake Arrowhead, wo wir unsere Flitterwochen verbringen wollten.

Müde, aber überglücklich trug Bob mich über die Schwelle. Er duschte, und mit seinem nassen, lockigen Haar und dem frischgebügelten Pyjama sah er aus wie ein kleiner Junge.

Als ich unter der Dusche stand, dachte ich mit Schrecken an die bevorstehende Hochzeitsnacht. Ich hatte immer noch keine Vorstellung davon, was passieren würde. Ich betete, daß Bob meinen Widerwillen gegen Sex verstehen würde. Ich wußte, daß er mich liebte, und ganz gewiß konnte er kein Interesse daran haben, daß meine Sexualorgane aus dem Körper fielen.

In meinem rosafarbenen Negligé schmiegte ich mich in seine Arme. Er hob mich auf und trug mich zum Bett, streichelte mich zärtlich und liebkoste mich am ganzen Körper, bis nur noch meine ekstatischen Gefühle zählten.

Er spielte mit meinem Körper wie ein Virtuose auf einem Instrument. Dann zog er sich für einen Augenblick zurück, legte seinen Pyjama ab und stand mit einemmal nackt vor mir. Augenblicklich kamen die Erinnerungen an mein gräßliches Erlebnis mit Harry zurück. Wieder dieser rötliche, angeschwollene Stengel vor meinen Augen, doch diesmal hatte ich keine Ausrede mehr. Ich war seine Frau, und es gehörte zu meinen ehelichen Pflichten, ihn gewähren zu lassen.

»Bob«, murmelte ich mit sanfter Stimme, »meine Mutter hat gesagt, daß man nur dann Sex haben soll, wenn man auch Kinder möchte, und daß meine Geschlechtsteile herausfallen werden, wenn wir uns zu oft lieben. Könnten wir uns heute nacht bitte nur halten und küssen?«

»Deine Mutter ist eine Frau mit altmodischen Ansichten, die offenbar nie Spaß am Sex gehabt hat. Ja, Sex ist dazu da, Kinder zu zeugen, aber auch für Menschen, die einander lieben und ihre Liebe durch ihre Körper teilen möchten. Sex ist nichts Ungesundes und wird dir in keiner Weise schaden. Entspann dich einfach!«

Er legte sich auf mich und versuchte, mit seinem pochenden Organ in mich einzudringen. Mir schien, als würde er versuchen, einen eckigen Stöpsel in ein rundes Loch zu pressen. Er schob und stöhnte, und während er auf mich einstieß, wurde mein Schmerz immer stärker. Ich konnte mich unmöglich gehenlassen, geschweige denn entspannen.

»Um Gottes willen, hör auf! Du tust mir weh. Wir passen nicht zusammen. Entweder bin ich zu klein für dich, oder du bist zu groß. Wir können nicht zusammen schlafen. Ich habe dir doch gesagt, daß es mir weh tun würde.«

»Zu klein oder zu groß gibt es nicht. Beim ersten Mal wird die Jungfernhaut eingerissen, das tut ein bißchen weh und blutet ein wenig, danach ist alles in Ordnung.«

Ich gestattete ihm, es noch einmal zu probieren, und biß mir dabei so hart auf die Unterlippe, daß sie zu bluten begann, doch der Schmerz nahm zu, und ich brach buchstäblich zusammen.

Vollkommen erschöpft bat ich Bob aufzuhören. Mein Gesicht war tränenverschmiert, und auf dem Kopfkissen klebten Reste von meiner Wimperntusche.

An seinen Augen konnte ich erkennen, daß ich Bobs Ehre regelrecht hingemordet zu haben schien. Sein lebendiger ›Stengel‹ lag jetzt wie ein verschrumpelter Wurm zwischen seinen Beinen. Er war ein anständiger Mann, und ich hatte seine Träume zerstört, indem ich mich geweigert hatte, Sex mit ihm zu haben. Ich fühlte mich schuldig, weil ich ihn so lange hatte warten lassen, aber was sollte ich tun? Ich war selbst ein Opfer. Sein Vergnügen war für mich wie Todesqualen.

»Ich weiß, wie enttäuscht du jetzt sein mußt, und ich verstehe dich, aber zu einer Ehe gehört mehr als Sex. Hab Geduld mit mir; ich bin mir sicher, daß sich alles zum Guten wenden wird«, sagte ich.

»Andere Frauen sind auch Jungfrauen, wenn sie heiraten«, gab er zurück. »Ich bin weder gemein noch gewalttätig dir gegenüber. Ich habe mir alle Mühe gegeben, dir nicht weh zu tun. Vielleicht stimmt einfach etwas mit deinem Körper nicht, Gott, ich weiß es auch nicht! Ich weiß nur, daß du meine Frau bist, daß ich Sex mit dir haben möchte und daß unsere Hochzeitsnacht eine Katastrophe ist!«

Frustriert seufzend wandte er sich ab. Die ganze Nacht konnte ich kein Auge zutun. Als Ehefrau war ich eine Versagerin. Am Morgen, so beschloß ich, würde ich es ihn noch einmal versuchen lassen, auch wenn ich es nicht wollte. Meine Mutter hatte erfolgreich dafür gesorgt, daß sich meine bereits vorhandene Furcht vor Sex so verstärkt hatte, daß mir der bloße Gedanke an den Vollzug des Geschlechtsaktes widerwärtig geworden war.

Am nächsten Morgen kuschelten wir uns aneinander. Dann versuchte er erneut, in mich einzudringen, und dieses Mal schien es mir, als würde er ein Messer benutzen. Ich stieß ihn von mir, als habe er versucht, mich zu vergewaltigen, und sprang aus dem Bett. Weinend lief ich ans Fenster, zu verängstigt, um dem Mann, den ich liebte, in die Augen schauen zu können.

»Das ist ja lächerlich«, brachte er mit vor Frustration rotem Gesicht hervor. »Du benimmst dich, als würde ich dich mißhandeln. Du bist meine Ehefrau. Du solltest dich über meine Berührung freuen! Für die nächsten Tage werde ich dich in Frieden lassen, aber sobald wir daheim angekommen sind, bringe ich dich zum Arzt. Wenn wir diesem Problem nicht auf den Grund gehen, wird unsere Ehe nicht lange halten.«

Die restlichen Flitterwochen waren angespannt, doch versuchten wir das Beste daraus zu machen, indem wir soviel wie möglich gemeinsam unternahmen. Wir machten lange Spaziergänge, fischten Forellen und bereiteten Essen über einem offenen Lagerfeuer zu. Aber wenn es Nacht wurde, bestand er darauf, daß er auf seiner und ich auf meiner Seite des Bettes schlief – für den Fall, daß er sich geschlechtlich erregte.

Ich hatte davon gehört, daß manche Frauen frigide sein sollten. Obwohl ich nicht genau wußte, was das Wort zu bedeuten hatte, nahm ich doch an, daß es auf mich zutraf. Offenbar hatte Bob ebenfalls beschlossen, daß es auf mich zutraf, und ich konnte es ihm nicht verübeln. Meine Aversion gegen Sex war stärker als meine Liebe zu ihm.

Sobald wir daheim angekommen waren, ging er zum Telefon. Ich wartete derweil im Wagen.

»Ich habe einen Termin mit dem Gynäkologen für dich ausgemacht«, sagte er, als er zurückkam. »Ich will wissen, was mit dir nicht stimmt.«

Ich war noch nie zuvor in meinem Leben beim Arzt gewesen, und zum erstenmal, seitdem ich Bob kennengelernt hatte, übernahm er das volle Kommando. Er zog mich buchstäblich in die Arztpraxis und befahl mir, mich zu setzen. Es war früher Abend, und abgesehen von der Sprechstundenhilfe, die mich an eine Militär-Krankenschwester erinnerte, befand sich niemand mehr in der Praxis. Bob mußte den Arzt davon überzeugt haben, daß es sich bei mir um einen Notfall handelte. Und ich glaube, daß es das für ihn auch war. Ich dagegen wollte nur nach Hause, unsere Sachen auspacken und in Frieden gelassen werden.

Nach einigen Minuten trat die Sprechstundenhilfe mit ihrer gestärkten Haube und strengem Gesicht auf mich zu.

»Kommen Sie, der Doktor möchte Sie jetzt sehen.«

Sie begleitete mich in eine kleine Kabine und überreichte mir ein weißes Laken.

»Ziehen Sie sich vollständig aus und legen Sie das Laken über sich. Der Doktor kommt gleich zu Ihnen.«

Zitternd vor Furcht legte ich mich auf den in der Kabine befindlichen Tisch. Daneben stand ein Medizinschrank mit chromblitzenden Instrumenten und Gummihandschuhen. Gott, dachte ich, womöglich wird er mich operieren!

»Was hat der Doktor mit mir vor?«

Sie hielt eines der Instrumente, das aussah wie eine kleine Eiswürfelzange, hoch und fragte grinsend: »Sind Sie noch niemals untersucht worden?«

Mein Gesichtsausdruck schien ihr als Antwort zu reichen.

»Der Doktor wird dieses Instrument bei Ihnen einführen und feststellen, ob etwas mit Ihnen nicht stimmt. Es ist nicht normal, Schmerzen während des Geschlechtsverkehrs zu haben.«

Den Teufel würde er tun!

Keinesfalls würde ich zulassen, daß dieses Folterinstrument in mein Inneres geführt wurde. Vermutlich würde es mir noch mehr Schmerzen bereiten als der Sex, den ich zu vermeiden suchte.

Ich sprang von dem Untersuchungstisch, zog meinen Mantel über und rannte mit meinen zerknautschten Anziehsachen unter dem Arm aus der Kabine. Schreiend lief Bob hinter mir her: »Was ist passiert? Was in aller Welt ist jetzt los?«

Ich antwortete nicht. Ich rannte, bis ich den Wagen erreicht hatte, und sprang hinein, als sei ich gerade einem Angreifer entkommen.

»Ich habe keine Lust mehr, mich zu erklären. Ich will nur noch nach Hause«, sagte ich. »Du kannst mit mir schlafen, aber stell mir keine Fragen mehr.«

In jener Nacht biß ich die Zähne zusammen und ließ Bob seinen Spaß. Es war mir zutiefst zuwider. Ich gab mir alle Mühe, an etwas anderes zu denken, bis er endlich fertig war. Erschöpft, doch scheinbar befriedigt, ruhte er sich auf meinem Körper aus. Ich fühlte mich grauenhaft. Es war mir unvorstellbar, daß jemand aus diesem animalischen Akt auch nur einen Funken Freude gewinnen konnte.

Jedesmal, wenn er mich berührte, reagierte ich mit Ablehnung und erinnerte mich daran, was meine Mutter über die Gefahren zu häufigen Geschlechtsverkehrs gesagt hatte. Ich wollte unter allen Umständen meine Geschlechtsteile behalten. Möglicherweise war die Heirat ein Fehler gewesen. Wenn es mir doch nur gelingen würde, mein Glück außerhalb des Schlafzimmers zu finden, dachte ich.

Das Zubettgehen wurde jede Nacht zu einer Qual, denn ich wußte, daß ich mich dem Geschlechtsverkehr unterwerfen mußte. Nach kurzer Zeit war ich nicht einmal mehr zärtlich zu Bob, ich hatte keine Lust, ihn dadurch zu erregen, da ich wußte, was dabei herauskommen würde.

Vielleicht war ich wirklich abnormal? Weshalb hatte ich so eine starke Abneigung gegen Sex? Es tat zwar nicht mehr weh, doch von Freude daran konnte auch keine Rede sein. Eines Tages dämmerte mir dann, wo das Problem lag – jedesmal, wenn Bob mit mir schlief, kam es mir vor, als schliefe ich mit meinem eigenen Vater!

Die Wochen vergingen, und ich versuchte, Sex so gut es ging zu verdrängen. Wir führten eine normale mittelständische Ehe, und abgesehen von unseren Problemen im Bett paßten wir recht gut zueinander.

Kurz darauf setzte mich die Detektei davon in Kenntnis, daß ein Haufen Zeit und Geld für die Suche nach meinem Vater investiert worden sei und daß man glaubte, ihn bald zu finden. Man verlangte eine zweite Rate, die ich mir vom Haushaltsgeld absparte. Meinen Vater ausfindig zu machen war immer noch oberste Priorität in meinem Leben, und zum Glück verfügte ich über das Talent, selbst aus Resten ein annehmbares Essen zustande zu bringen. Jedenfalls brachte ich einen großen Teil des Geldes nach Hause und hatte keine Bedenken, es zu benutzen, um dadurch ein glücklicher Mensch zu werden.

Ich brauchte ganze zwei Jahre, um herauszufinden, daß ich bei meiner Heirat mit Bob noch ein Kind gewesen war. Ich hatte keine Idee davon gehabt, was Liebe eigentlich war! Ich wünschte, ich hätte die Uhr zurückdrehen und zumindest noch ein paar andere Männer vor Bob kennenlernen oder sogar voreheliche Erfahrungen sammeln können. Meine mangelnde Erfahrung hinderte mich jetzt daran herauszubekommen, was ich wirklich vom Leben wollte. Jetzt, da ich unter Bobs Anleitung erwachsener geworden war und merkte, was das Leben zu bieten hatte, wurde mir jedenfalls klar, was es nicht war – auf keinen Fall war es Bob!

Abgesehen von unseren finanziellen Problemen und den sexuellen Unstimmigkeiten ließ unsere Ehe noch einiges andere zu wünschen übrig. Sie war eine Instanz, in der sich zwei Leute durch die Unstimmigkeiten und Ärgernisse, die durch ihr Zusammensein entstanden, definierten. Ich gab mir Mühe, eine Lösung dafür zu finden, daß wir sexuell nicht zueinander paßten, und glaubte, daß zwei Menschen, die sich wirklich lieben, auch eine erfüllende sexuelle Beziehung haben würden. Ich liebte Bob, aber nicht auf sexuelle Weise. Unsere Beziehung war eine Sackgasse, und keiner von uns hatte noch eine Chance, irgend etwas zu gewinnen.

Ich mußte der Wahrheit ins Gesicht schauen. Vom ersten Tag an war Bob nichts weiter als eine Vaterfigur für mich gewesen. Er war mein Lehrer, mein Führer, mein Beschützer, doch niemals mein Liebhaber gewesen.

Vielleicht gab es irgendwo jemanden, der mir zeigen konnte, wie man Sex genoß, doch mit Bob gab es dafür nicht die kleinste Chance. Wenn er mich berührte, wurde mir schlecht, und ich mußte mir etwas einfallen lassen, um das Schlimmste zu verhindern.

Eines Tages saßen wir nach dem Abendessen vor dem Kamin, und ich ergriff seine Hand.

»Was ich dir jetzt sagen werde, fällt mir nicht leicht, aber es muß sein. Ich liebe dich, aber nicht so, wie eine Frau ihren Ehemann lieben sollte. Du hast mehr verdient, und ich kann es dir nicht geben. Wir sind beide jung genug, um den passenden Partner für unser Leben zu finden, und ich werde niemals in der Lage sein, deine sexuellen Bedürfnisse zu befriedigen. Ich kann dich nicht länger leiden sehen. Ich möchte, daß wir uns scheiden lassen. Ich kann dir keine Frau mehr sein.«

Er wurde kreidebleich und konnte kaum sprechen. Einen Moment lang dachte ich, er würde anfangen zu weinen.

»Willst du dich wegen unserer Probleme im Bett scheiden lassen, oder ist es etwas anderes? Hast du jemand anderen?« fragte er mit erstickter Stimme.

»Bob, ich habe dich immer geliebt, aber auf andere Art, als du es brauchst. Es hat nie einen anderen Mann in meinem Leben gegeben, das weißt du, aber ich möchte, daß du glücklich wirst. Und mit mir bist du unglücklich.«

»Ich will die Scheidung nicht«, sagte er. »Ich weiß, daß unsere finanzielle Situation schwierig ist. Und obwohl ich nicht wirklich verstehe, weshalb du keinen Sex mit mir haben willst, akzeptiere ich die Tatsache, daß es so ist. Ich werde ins Gästezimmer umziehen. Ich werde dich nie wieder anrühren. Das ist nicht, was ich will, aber lieber habe ich eine ›halbe‹ Ehefrau als gar keine.«

Ich merkte, daß er sich vollkommen zurückgewiesen vorkam und seinen Männerstolz verloren hatte. Trotzdem gab er sich alle Mühe, die Scherben unserer Ehe wieder zusammenzufügen. Ich wollte ihm sagen, daß er für mich mehr einen Vaterersatz als einen Liebhaber darstellte, doch hatte ich Angst, daß ihn dies noch mehr verletzen würde.

»Ich glaube nicht, daß so ein Arrangement uns beide glücklicher machen wird, aber meinetwegen können wir es versuchen«, sagte ich mit wackliger Stimme. »Ich weiß deine Liebe sehr zu schätzen und weiß, welche Opfer du bringst, um unsere Ehe zu retten. Ich war zu jung, um zu heiraten. Es ist mein Fehler und nicht deiner.«

So gut es ging, versuchte ich seinen Schmerz zu lindern, doch in Wirklichkeit kam er mir vor wie ein alter Mann, und ich konnte es einfach nicht ertragen, daß er mich berührte.

Am nächsten Tag zog er in das Gästezimmer, und zum ersten Mal in meinem Leben war ich froh, allein zu sein.

Kapitel V

Nach acht ereignislosen und zölibatären Monaten war die Aufregung meines Hochzeitstages endgültig von einer langweiligen Routine abgelöst worden, die sich wie eine zerbrochene Schallplatte jeden Tag aufs neue abzuspielen schien. Meine romantischen Illusionen von einem glücklichen Leben bis ans Ende aller Tage hatte ich irgendwo in einem verstaubten Winkel meines Hinterkopfes abgestellt. Wer lebte schon glücklich bis ans Ende aller Tage? Höchstens Schauspieler auf der Leinwand.

Mein inneres Gleichgewicht wurde durch diese Desillusionierung stark erschüttert. Die Begeisterung, die mich überkommen hatte, wenn Bob mich ins Theater oder in ein neues Restaurant ausgeführt hatte, war vollkommen verschwunden; mittlerweile kamen mir diese Aktivitäten ausgesprochen alltäglich vor.

Mein Bedürfnis nach etwas Unbekanntem, das geeignet war, die mich umgebende Dunkelheit zu erhellen, wurde stärker und stärker. Die einzige Quelle einer sehr zweifelhaften Inspiration lag in den Paaren unseres Bekanntenkreises, die bereits etwas länger verheiratet waren – jährlich wiederholten sie den gleichen Zwei-Wochen-Urlaub am gleichen Ort, ungefähr einhundertfünfzig Kilometer von ihrem Wohnort entfernt, an dem sie die meiste Zeit ihres Lebens verbracht hatten. Sie folgten den Fußstapfen ihrer Eltern und ihrer Großeltern und schienen der Ansicht zu sein, eine goldene Armbanduhr, nach 20 Jahren Zugehörigkeit zur selben Firma überreicht, sei gleichbedeutend mit einem erfüllten Leben.

Ich weigerte mich zu glauben, daß dies alles sein sollte, was das Leben zu bieten hatte, und fühlte mich wie ein Fluß, der keinen Platz in seinem Bett mehr fand. Bobs Bedürfnisse schienen um einiges einfacher zu sein als die meinen. Er lebte seine sexuelle Frustration in der Natur und im Anfertigen kleiner, nymphenartiger Schnitzarbeiten aus. Oftmals sah ich seinen blonden Schopf Meilen entfernt in den Weizenfeldern, die unser Haus umgaben, wie den eines Pilgers, der nach einer neuen, besseren Welt sucht.

Er hielt sich jedoch an sein Wort und versuchte, sich mir nie wieder sexuell zu nähern. Gelegentlich nahm ich eine väterliche Umarmung von ihm entgegen und erwiderte sie, wenn mir danach zumute war.

Von Tag zu Tag wirkte er niedergeschlagener, was vermutlich daran lag, daß er eine Liebesaffäre mit einer Flasche Scotch Black Label begonnen hatte.

Abend für Abend saß er schweigend vor dem Kamin und starrte wie hypnotisiert in sein Glas, als läge zwischen den Eiswürfeln und dem Alkohol irgendwo die Antwort auf seine Fragen. Ich merkte, daß er versuchte, seinen sexuellen Hunger abzutöten. Und obwohl ich mich an seinem miserablen Zustand mitschuldig fühlte, stand es doch nicht in meiner Macht, ihm in dieser Sache entgegenzukommen, ohne einen Teil meiner selbst aufzugeben. Es war offensichtlich, daß unsere Ehe ein Fehlschlag und eine Scheidung unvermeidlich war. Meine eigene Stagnation wurde durch die seine noch weiter verstärkt.

Gerade als ich ihn erneut um die Scheidung bitten wollte, wurde ich krank. Über längere Strecken am Tag wurde mir schlecht und schwindelig, und ich fühlte mich schwach. Zunächst meinte ich, mich erkältet zu haben, aber nach zwei Wochen entschloß ich mich, einen Doktor aufzusuchen.

Als ich die Praxis betrat, fiel mir wieder ein, wie Bob mich am Tag nach unseren Flitterwochen zum erstenmal zum Arzt gebracht hatte, um herauszufinden, weshalb ich keinen Sex mit ihm haben wollte. Mittlerweile konnte ich über unsere Unreife lachen und darüber, wie überstürzt ich die Praxis nur mit einem Mantel bekleidet verlassen hatte, um den forschenden Händen des Doktors zu entgehen. Bei dem Gedanken, mich von einem fremden Mann untersuchen zu lassen, wurde ich wieder unruhig, mochte er nun einen Doktortitel haben oder nicht.

Die Sprechstundenhilfe führte mich in das Sprechzimmer, wo der Arzt von einem Stapel Papieren aufsah und mich anwies, vor ihm Platz zu nehmen. Er war etwa fünfzig Jahre alt und hatte ein ernstes, aber sympathisches Gesicht; das Haar an seinen Schläfen ergraute bereits. In seinen Augen stand die Sorge des professionellen Mediziners, und ich vertraute ihm zumindest so weit, daß ich den Raum nicht gleich wieder verließ.

Ich erklärte ihm meine Symptome, dann schickte er mich in die

Untersuchungskabine, wo ich mich auszog und auf eine Liege legte, die mit einer Bahn Einwegpapier überzogen war.

Der Arzt untersuchte mich von Kopf bis Fuß und nahm dann Blut und Urinproben.

»Doktor, weshalb fühle ich mich so schlecht?« fragte ich ihn nach der Untersuchung. »Ich hoffe, es ist nichts Ernstes. Ich war noch nie in meinem Leben krank.«

»Ich freue mich, Ihnen mitteilen zu dürfen, daß Sie auch jetzt nicht krank sind«, versicherte er mir. »Sie sind körperlich vollkommen gesund. Sie werden ein Baby bekommen.«

Das war mit Abstand das Lächerlichste, was ich je gehört hatte! Der Mann mußte ein ausgemachter Kurpfuscher sein!

»Entschuldigen Sie, aber da muß ein Irrtum vorliegen. Ich kann nicht schwanger sein.«

»Sie sind schwanger – im vierten Monat, um genau zu sein. Ich möchte, daß Sie diese Vitamine regelmäßig einnehmen und einmal im Monat zur Untersuchung hierherkommen. Ansonsten können Sie Ihr Leben wie gewöhnlich fortführen; heben Sie nur keine schweren Gegenstände, dann sollte Ihnen die Schwangerschaft keinerlei Probleme bereiten.«

»Doktor, ich habe seit beinahe neun Monaten keinen sexuellen Kontakt mit einem Mann gehabt. Es ist schlichtweg unmöglich, daß ich seit vier Monaten schwanger sein soll.«

»Vielleicht waren Sie betrunken und erinnern sich nicht richtig«, war alles, was er dazu zu sagen hatte.

»Ich trinke nicht. Ich kann nicht schwanger sein. Offenbar haben Sie sich in Ihrer Diagnose geirrt.«

Er zuckte mit den Achseln und sah mich mit erstauntem Gesichtsausdruck an.

»Sehen Sie, ich habe keine Ahnung, wie Sie schwanger geworden sind oder wer Sie geschwängert haben könnte, und um ehrlich zu sein, interessiert es mich auch nicht sonderlich. Das betrachte ich als Ihre Privatsache. Ich habe Ihnen lediglich meine professionelle Diagnose mitgeteilt, und danach zu urteilen sind Sie im vierten Monat schwanger.«

»Mein Mann und ich haben Eheprobleme und schlafen seit acht Monaten in getrennten Räumen. Als ich ihn geheiratet habe, war ich noch

Jungfrau, und außer ihm hat mich nie ein anderer Mann berührt. Sie haben mein Geld und meine Zeit zum Fenster rausgeschmissen. Ich werde einen anderen Arzt aufsuchen, der mehr von seinem Handwerk versteht.«

Dampfend wie ein Kochkessel stampfte ich aus seiner Praxis. Wie konnte er mir erzählen, ich sei schwanger? Mein Magen drehte sich wie eine Waschtrommel, und um ein Haar hätte ich mich übergeben müssen.

Ich setzte mich neben meinem Wagen auf den Bürgersteig, bis es mir etwas besser ging und die Wellen der Übelkeit nicht mehr ganz so stark waren. Dann rief ich einen anderen Doktor an, der mir glücklicherweise gleich einen Termin geben konnte. Mit Vollgas raste ich zu seiner Praxis. Unterwegs beschloß ich, auf jeden Fall die Scheidung zu verlangen, sobald es mir besser gehen sollte.

Der Arzt war jung, und ich spürte einen starken Widerwillen, mich von ihm untersuchen zu lassen. Die Tatsache, daß er auch noch aussah wie Harry, machte es nicht gerade einfacher.

Auch er untersuchte mich von Kopf bis Fuß, und mit halbgeschlossenen Augen beobachtete ich seine behaarten Finger, die wie dicke Raupen über meinen Körper glitten und mich mit kreisenden Bewegungen absuchten. Dann stellte die Sprechstundenhilfe meine Fersen in zwei Halterungen, und mit einem Spekulum in der Hand ging der Arzt daran, meine Vagina zu untersuchen. Ich starrte an die Decke und versuchte an Sommertage am Meer zu denken, während er langsam das Spekulum einführte, indem er mit dem Finger auf meinen Damm preßte. Als er das Instrument eingeführt hatte, spreizte er es und adjustierte mit einer Schraubbewegung die Blätter; nach einer halben Ewigkeit zog er das Instrument endlich wieder heraus. Ich dachte, die Untersuchung sei beendet. Doch zu meiner großen Enttäuschung führte er einen seiner Finger, den er vorher mit einer Gleitcreme beschmiert hatte, in meine Vagina ein und forschte dort weiter. Obwohl es schmerzlos war, fühlte ich mich erniedrigt, als läge ich vor den Augen der ganzen Welt mit gespreizten Beinen da.

»Sie können sich jetzt anziehen«, sagte er. »Wischen Sie die Creme mit einem Kleenex ab, und kommen Sie dann in mein Zimmer.«

Dort saß er hinter seinem Schreibtisch und schmunzelte.

»Es ist alles in bester Ordnung. Sie brauchen sich keinerlei Sorgen zu machen. Im Gegenteil, an ihrer Stelle würde ich nach Haus gehen und feiern. Sie werden Mutter und sind ungefähr im vierten Monat schwanger. Herzlichen Glückwunsch!«

»Seit acht Monaten habe ich keinen Sex gehabt. Können Sie mir vielleicht erklären, wie um alles in der Welt ich im vierten Monat schwanger sein kann?«

»In meiner kurzen Zeit als praktizierender Arzt habe ich bereits zahllose Frauen korrekt als schwanger diagnostiziert und bin dabei mit einigen ausgesprochen ungewöhnlichen Fällen konfrontiert worden. Eine Schwangerschaft erfolgte trotz unterentwickelter Gebärmutter; eine weitere trotz Einnahme der Pille. Doch am meisten hat mich die Schwangerschaft einer fünfundsechzigjährigen Großmutter verwundert, die mit vierzig ihre Wechseljahre bereits hinter sich hatte. Es gibt Dinge, für die hat auch der medizinische Stand keine ausreichenden Erklärungen. Ich zweifele nicht an Ihren Worten, aber von meiner Diagnose bin ich felsenfest überzeugt.«

Er verabreichte mir ein paar Tabletten gegen die Übelkeit, und völlig verwirrt fuhr ich heim. Wie konnte eine Frau schwanger werden, ohne Sex zu haben?

Was hatte ich bei meiner Aufklärung übersehen? Vielleicht hatte Bob Samen auf dem Toilettensitz hinterlassen, oder ich war durch seine bloße Anwesenheit im Haus schwanger geworden, ähnlich wie einander nahestehende Bäume sich gegenseitig befruchteten. Aber was brachten mir diese Turnübungen meines Verstandes schon? Fest stand, daß ich schwanger war. Wie ich es geworden war, änderte nichts an der Tatsache.

Auf keinen Fall würde ich jetzt Bob verlassen können. Egal, wie wacklig die Füße waren, auf denen unsere Ehe stand. Ein Kind würde ihm vielleicht neuen Mut machen und ihm dabei helfen, mit dem Trinken aufzuhören. Ich akzeptierte, daß ich Mutter werden würde. Und je mehr ich darüber nachdachte, desto mehr freute ich mich darauf, Bob von unserem Zuwachs zu berichten.

Nach dem Abendessen ging ich in die Garage, wo er an seiner Werkbank saß und arbeitete. Er war dabei, eine weitere Nymphe aus Holz zu schnitzen. Ich sah ihm direkt in die Augen und sagte ihm die Wahrheit.

»Ich bin im vierten Monat schwanger. Zwei Ärzte haben das bestätigt. Du wirst Vater.«

Er sagte kein einziges Wort, sondern starrte mich an, als versuche er, mein Inneres zu erforschen. Als er schließlich den Mund öffnete, war seine Stimme kalt wie ein Schneesturm.

»Bist du sicher, daß du im vierten Monat schwanger bist?«

»Glaubst du mir etwa nicht? Ich weiß selbst nicht, wie ich schwanger geworden bin, aber zwei Doktoren werden sich nicht irren. Vielleicht wird das Kind uns beide wieder enger zusammenbringen.«

Haßerfüllt zogen sich seine Augenbrauen zusammen. Sein Gesicht war vor Wut fast bis zur Unkenntlichkeit verzerrt, und aus seinem Mund quoll ein Strom feindseliger und herabsetzender Worte.

»Nie im Leben hätte ich von dir gedacht, daß du mich auch noch betrügst. Fahr zur Hölle! Wie kannst du es wagen, mich zu hintergehen und mir dann mit zuckersüßer Stimme zu erzählen, daß du schwanger bist? Was zum Teufel erwartest du von mir? Soll ich mich freuen, daß ein anderer dir ein Kind angedreht hat? Du hast unsere Ehe entweiht, und in meinen Augen bist du nichts weiter als eine ekelhafte Hure!«

Genausogut hätte er mich bei lebendigem Leibe begraben können – jedenfalls fühlte ich mich so. Ich schaffte es nicht, angemessen zu reagieren. In meinem Inneren tobte ein stiller Krieg, Wut und Schmerz erstickten all meine anderen Gefühle.

»Wie kannst du es wagen, mich derartig zu beschuldigen!« brach es schließlich aus mir hervor. »Du bist der einzige Mann, mit dem ich je geschlafen habe. Du solltest besser als alle anderen wissen, wie hoch meine moralischen Ansprüche sind. Du liebst mich nicht, sonst würdest du mich nicht als Hure bezeichnen. Ich habe dich niemals belogen. Im Gegenteil, ich habe dir oft Sachen gesagt, die du nicht hören wolltest und für die du hinterher oft dankbar warst. Ich war dir gegenüber immer ehrlich, und das Kind in meinem Bauch stammt von dir. Weshalb glaubst du mir nicht?«

Mit vor Ekel verzerrtem Gesicht starrte er mich an und brachte dann zwischen zusammengebissenen Zähnen hervor: »Du weißt nicht, wie viele Nächte ich wachlag, weil ich bei dir sein wollte. Meine sexuelle Frustration hat sich in den letzten Monaten so sehr gesteigert, daß ich dachte, ich würde jeden Augenblick explodieren. Ich wollte dich in meinen Armen halten, deinen Körper neben mir spüren, aber ich habe mein Wort gehalten und dich nie wieder angefaßt. Ich habe gelitten, verstehst du das nicht?

Um dich zu schwängern, mußte jemand in dich eindringen und seinen Samen bei dir deponieren, und ich bin ganz gewiß nicht derjenige gewesen. Ich weiß zwar, daß du stockdoof bist, wenn es um Sex geht, aber wenn du denkst, ich kaufe dir deine Luftschwangerschaft ab, dann hast du dich geirrt. Such dir einen anderen Idioten.«

Sein Gesicht war mittlerweile so rot wie ein Feuerwehrauto, und mit langsamen Schritten trat er auf mich zu. In seiner Wut erschien er mir wie ein Wildschwein und nicht mehr wie der Bob, den ich vor über zwei Jahren geheiratet hatte. In der Erwartung, daß er mich jeden Augenblick schlagen würde, duckte ich mich, doch er ging schnurstracks an mir vorbei in sein Schlafzimmer. Die Tür knallte, und ich hörte, wie er sie von innen verriegelte.

Am ganzen Leib zitternd, griff ich nach dem nächsten Stuhl und begann hemmungslos zu weinen, während sich mein Magen wieder und wieder zusammenzog. Mit letzter Kraft schaffte ich es bis zur Toilette, wo ich mich übergeben mußte, bis nur noch gelbe Galle aus meinem Mund tropfte. Erschöpft sank ich neben der Toilettenschüssel auf den Boden und fühlte mich, als hätte ich soeben meine Eingeweide verloren.

Später stand ich auf, schleppte mich in mein Bett und rollte mich zusammen wie ein kleines Kind. Ich wußte genau, daß ich nicht mit einem anderen Mann geschlafen hatte, und ich wußte ebenso, daß ich nicht die Heilige Jungfrau war! Was um alles in der Welt war geschehen? Ich bat Gott um Rat, aber wenn es einen Gott gab, dann mußte er mich längst verlassen haben, so dachte ich.

Ich heulte und rief nach meinem Vater. Weshalb war es mir unmöglich, ihn zu finden? Verzweifelt schloß ich die Augen und versuchte, meinen mysteriösen Helfer herbeizurufen, doch auch er ließ sich nicht blicken. Ich fühlte mich, als hätte ich seit Tagen nicht geschlafen, und versteckte mich unter der Bettdecke aus Furcht, der Tag könne zu schnell anbrechen.

Als ich am nächsten Morgen erwachte, lauschte ich auf die Geräusche des Windes, der um unser Holzhaus tobte. Ich hatte all meinen Mut verloren und lag wie ein wimmernder Feigling im Bett, unfähig, mich aufzurichten oder etwas zu unternehmen. Trotzdem zwang ich mich aufzustehen und zu lächeln. Gott, so betete ich, wenn es dich tatsächlich gibt, dann hilf mir bitte jetzt und gib mir die nötige Kraft. Die brutalen Anschuldigungen meines Ehemanns klangen mir immer noch in den Ohren. Vielleicht würde er über Nacht zu einer anderen Einsicht gelangt sein.

Ich ging in die Küche und lauschte auf ein Geräusch von ihm, doch das Haus lag totenstill. Ich klopfte an seine Schlafzimmertür, die nicht länger verschlossen war, sondern auf meinen leichten Druck nachgab.

Das Zimmer war leer. Bob hatte all seine Sachen entfernt und nur einen Briefumschlag mit meinem Namen auf dem Nachttisch hinterlassen. Obendrauf lag sein Ehering.

Zögernd nahm ich den Umschlag auf und drehte ihn wieder und wieder herum, bis ich endlich genügend Mut gesammelt hatte, um ihn mit zitternden Händen zu öffnen. Tränen liefen mir über die Wangen und verschmierten die Tinte.

»Ich fühle mich nicht länger für Dich verantwortlich«, schrieb er, »und auch nicht für das fremde Kind in Deinem Bauch. Du hast die Kardinalsünde begangen und Deinen Mann betrogen, deshalb kann ich Dich nicht länger als meine Frau akzeptieren. Ich möchte niemals wieder in Dein Gesicht schauen und daran erinnert werden, was Du getan hast, um meine Liebe zu Dir zu töten. Du hast unsere Ehe zerstört und ebenso einen Teil meiner Persönlichkeit. Versuche nicht, mich zu finden, und denke nicht, daß ich Dir Geld für Deinen Bastard schicken werde. Frag seinen Vater. Die Scheidungspapiere sind in der Post.«

Ich brach heulend auf dem Bett zusammen. All meine Unsicherheiten, die ich über die Jahre unterdrückt hatte, tauchten jetzt auf und schlugen wie eine Flutwelle über mir zusammen. Ich dachte an all die Jahre, die ich allein verbracht und mich gefragt hatte, wer mein Vater sei. Mein eigenes Kind würde jetzt ebenso aufwachsen. Wie sollte ich mit meinem kümmerlichen Einkommen noch ein Kind aufziehen? Ich würde schleunigst eine neue, besser bezahlte Arbeit finden müssen, und es erschien mir immer dringlicher, daß ich meinen Vater fand. Die Detektei rief an und wollte ihre letzte Rate.

Der einzige Mensch, der mir helfen konnte, war meine Mutter, und ich erzählte ihr von meiner Schwangerschaft und daß Bob mich verlassen hatte. Daß wir Probleme gehabt und in getrennten Räumen geschlafen hatten, erwähnte ich nicht, dazu fehlte mir die Kraft.

»Ich dachte, ihr wäret glücklich«, sagte sie. »Warum hat er dich verlassen? Weiß er nicht, daß du schwanger bist?«

»Ich weiß nicht, weshalb er gegangen ist. In letzter Zeit hat er eine Menge getrunken. Gestern nacht habe ich ihm erzählt, daß ich schwanger bin. Daraufhin hat er sich im Schlafzimmer eingeschlossen, und ich habe auf der Couch geschlafen. Am Morgen waren er und seine ganzen Sachen verschwunden.«

»Kind, du tust mir so leid. Ich habe gebetet, damit du nicht das gleiche Unglück durchmachen mußt wie ich. Obwohl dein Vater während meiner Schwangerschaft im Haus war, hat er sich kein bißchen um mich gekümmert – außer wenn er versuchte, mich von der Notwendigkeit deiner Abtreibung zu überzeugen.

Ich werde nie den Tag vergessen, an dem du geboren wurdest. Ich bat ihn darum, mich ins Krankenhaus zu fahren, weil meine Wehen eingesetzt hatten. Er weigerte sich und gab mir nicht einmal das Geld für ein Taxi, deshalb mußte ich laufen. Ich konnte keine Tasche mitnehmen, weil der Weg zu weit war und meine Wehen so stark, daß ich kaum noch aufrecht stehen konnte. Ich schleppte mich buchstäblich ins Krankenhaus und erklärte, daß ich jeden Augenblick niederkommen würde.

Die diensthabende Schwester sah mich nur kurz an und gab mir einen Haufen Formulare, die ich auszufüllen hatte. ›Sie haben noch Zeit‹, sagte sie gleichmütig. In diesem Augenblick spürte ich einen brennenden Schmerz, so als würden mir die Eingeweide herausgerissen. Ich brach zusammen. Du bist auf dem Boden der Aufnahme im Krankenhaus zur Welt gekommen. Ich nahm dich auf und preßte dich an mich, um dich vor der Kälte und den Augen der Neugierigen zu beschützen. Noch durch die Nabelschnur mit dir verbunden, wurden wir schließlich auf einer Trage in ein Krankenzimmer gebracht.

Dein Vater hat mich kein einziges Mal im Krankenhaus besucht. Und als ich nach Hause kam, schlief er mit der Frau, die eigentlich auf deinen Bruder hätte aufpassen sollen. Er wollte dich nicht einmal sehen! Ich nahm dich mit in mein Zimmer. Als ich aufwachte, war er fort – und die Frau mit ihm.

Ich schwor mir, dir irgendwie ein Überleben zu ermöglichen. Ich weiß, daß ich in vielerlei Hinsicht versagt habe und niemals da war, wenn du mich gebraucht hast. Ich mußte überleben, das stand an allererster Stelle, aber jetzt geht es besser, und ich schwöre dir, daß ich dir nicht zur Last fallen werde wie andere Mütter ihren Kindern.

Ich kann deinen Schmerz spüren. Glaub mir, ich weiß, wie ungewiß dir dein Leben jetzt vorkommen muß. Ich selbst habe es erfahren. Ich werde dir ein wenig von meinem Ersparten schicken, damit du Kleider für das Kind kaufen kannst. Wenn deine Wehen nur noch etwa fünfzehn Minuten auseinanderliegen, ruf mich sofort an. Dann komme ich mit dir in die Klinik.

Vielleicht kommt Bob auch zurück, aber du wirst es auch ohne ihn schaffen. Du bist eine Kämpferin, genau wie ich. Einfach wirst du es nie haben, aber du hast meine Gene. Und wenn du eine Niederlage erfährst, wirst du dich wieder aufrappeln und in die nächste Runde gehen. Mach dir keine Sorgen, mein Liebling!«

In ihrem ganzen Leben hatte meine Mutter vermutlich keine längere Rede gehalten. Der Gedanke, daß sie bei meiner Geburt durch eine ähnliche Erfahrung gegangen sein mußte wie ich jetzt, berührte mich auf eigenartige Weise. »Wir wissen so wenig voneinander«, sagte ich. »Dabei bist du der einzige Mensch auf der Welt, den ich habe. Jetzt erst beginne ich zu verstehen, was du durchgemacht haben mußt, um mich aufzuziehen. Jetzt trage ich ein Kind in meinem Bauch, und du bist allein mit Scotty. Weshalb kommt ihr nicht beide zu mir, wenn das Baby da ist?«

»Das werden wir. Und ich bringe die Bilder von mir als Opernsängerin aus der Zeitung mit. Sie wurden auf der ersten Seite in der Klatschspalte abgedruckt. Stell dir vor, deine unbekannte Mutter, ein Star in Venice, Kalifornien!«

Es tat mir wohl, dieses Gespräch lachend zu beenden, und als wir uns verabschiedeten, fühlte ich mich endlich erleichtert. Zumindest meine Mutter schien mich zu lieben; ich beschloß, pragmatisch zu denken und meine gute Stimmung zur Beantwortung einiger Stellenanzeigen in der Morgenzeitung zu nutzen. Am gleichen Nachmittag noch erhielt ich eine Anstellung als Sekretärin für ein Schiffsbauunternehmen.

Man hatte mir ein besseres Gehalt als bei der Bank angeboten. Zusätzlich erhielt jeder Angestellte, der ein Boot der Firma verkaufte, eine Provision. Die Tatsache meiner Schwangerschaft behielt ich für mich. Ich hoffte, sie noch ein paar Monate geheimhalten zu können und mich zur Zeit meiner Niederkunft so unabkömmlich gemacht zu haben, daß ich bis zur letzten Minute würde arbeiten können.

Mit Hilfe der Provision würde es mir außerdem möglich sein, die Detektei zu bezahlen.

Zwei Tage bevor ich mit der Arbeit beginnen sollte, klingelte das Telefon. Ich war nervös und dachte, daß es vielleicht Bob sein würde, der es sich anders überlegt hatte. Unsicher nahm ich den Hörer ab und verfügte kaum über genügend Luft, um zu antworten.

»Hallo?« sagte ich mit leiser Stimme.

»Hallo, spricht dort Triana?«

»Wer ist dort?«

»Hier spricht David von Ihrer Detektei. Ich habe gute Neuigkeiten. Wir haben Ihren Vater ausfindig machen können. Wäre es Ihnen möglich, sofort vorbeizukommen? Dann können wir Ihnen die Details geben.«

Obwohl ich auf diese Botschaft lange gewartet hatte, traf sie mich wie ein Schlag. Mein ganzes Leben schien sich auf diesen Höhepunkt konzentriert zu haben.

»Ich komme sofort vorbei«, erwiderte ich und hängte auf, ohne auch nur ›Auf Wiedersehen‹ zu sagen.

Ich erinnerte mich daran, was mir mein mysteriöser Gefährte im Baum einst gesagt hatte: »Um Freude zu erfahren, mußt du Schmerzen kennen. Zu jedem Positiv existiert ein Negativ; je dunkler der Schatten, desto heller das Licht« – nach der Trennung von Bob hatte ich gedacht, daß mein Leben nicht noch miserabler werden könnte und ich am Ende angekommen war. Jetzt, in meiner tiefsten Dunkelheit, erhielt ich die Nachricht, auf die ich mein Leben lang gewartet hatte. Endlich würde ich meinen Vater kennenlernen, möglicherweise sogar mit ihm leben! Ich dankte Gott und bat ihn um Vergebung dafür, daß ich an ihm gezweifelt hatte.

Ich schnappte mir die Wagenschlüssel, und vor Freude ein Kinderliedchen trällernd, traf ich bei der Detektei ein. Ich fühlte mich wie neu geboren.

David saß hinter seinem Schreibtisch und strahlte mich an, als ich in sein Büro getanzt kam.

»Ich kann Ihnen gar nicht sagen, wie sehr ich mich freue«, sagte ich. »Wann haben Sie meinen Vater gefunden? Wo ist er?«

»Ihr Vater ist sehr oft umgezogen«, antwortete er, »aber vor etwa zwei Monaten ist er nach Kalifornien zurückgekehrt. Er lebt jetzt in San Diego, etwa hundert Kilometer von hier entfernt. Wir haben uns nicht weiter darum gekümmert, was er gerade macht oder was seine genauen Lebensumstände sind, weil wir Sie augenblicklich verständigen wollten.« Er überreichte mir einen Zettel mit einer Adresse und einer Telefonnummer. »Sein Name lautet mittlerweile Major Benjamin Donee, obwohl ich mir fast sicher bin, daß er nie beim Militär gewesen ist. Aus irgendeinem Grund ist sein Vorname Major.«

Er überreichte mir ein Paket mit allen Informationen, die notwendig gewesen waren, um meinen Vater zu finden.

»Allerdings kann ich die letzte Rate noch nicht zahlen«, entschuldigte ich mich. »Aber ich habe einen neuen Job, und in ein paar Wochen werde ich Ihnen Ihr Geld bringen. Gott schütze Sie!«

Mit diesen Worten stürmte ich aus seinem Büro, ohne ihm die Möglichkeit zu geben, etwas zu erwidern. Meine Finger zitterten wie Laub im Wind, als ich versuchte, das kleine Paket aufzureißen. Darin befanden sich eine Telefonnummer und einige Fakten über die unterschiedlichen Aufenthaltsorte meines Vaters und seine Arbeitsplätze. Sein Alter war mit ungefähr achtzig Jahren angegeben – demnach mußte er sechzig gewesen sein, als er mich gezeugt hatte. Wie alt war dann meine Mutter? Vielleicht hatte die Agentur einen Fehler gemacht, vielleicht handelte es sich bei ihm um einen jener distinguierten Herren, die ihre Fruchtbarkeit bis ins hohe Alter behielten.

Ich beschloß, ihn nicht telefonisch von meiner Ankunft zu verständigen, sondern ihn zu überraschen. Ich stellte mir vor, wie er seine Arme um mich legte, vielleicht sogar weinte und sagte: »Das ist das kostbarste und schönste Geschenk, das mir auf meine alten Tage noch zuteil werden durfte.« Wie so oft zog ich es auch diesmal vor zu träumen, anstatt abzuwarten, was die Realität bringen mochte.

Ich atmete den Duft des blühenden Eukalyptus vor meinem Haus ein und wanderte durch die hohen, goldenen Senfblüten. Ich mußte daran denken, wie mein Vater versucht hatte, meine Mutter durch Senfbäder zu einer Abtreibung zu veranlassen. Ich beschloß trotzdem, mich ihm gegenüber unvoreingenommen zu verhalten. Ich war jetzt eine Frau und kein Kind mehr, um das er sich kümmern mußte. Ich dachte daran, daß alles zwei Seiten hatte, als sich ein senfgelber Schmetterling auf meiner Schulter niederließ und dort still und furchtlos sitzenblieb.

Wie dieser Schmetterling, war auch ich einmal eine häßliche Raupe gewesen, die das Ende ihrer bisherigen Existenz nicht in Frage gestellt hatte, sondern im Winterschlaf versunken war und als anmutiges, fliegendes Geschöpf wieder erwacht war. Dies erinnerte mich an meine eigenen Jahre als Teenager, als ich mich unattraktiv und nicht begehrenswert gefühlt und in einem Kokon aus Depressionen und negativen Gedanken gelebt hatte.

Als die Sonne unterging, machte ich mich auf den Heimweg, umarmte Bäume und zupfte die Blätter von einem Gänseblümchen: Er liebt mich, er liebt mich nicht. Er liebt mich. Er liebt mich nicht – er liebte mich!

Er mußte mich zumindest gernhaben!

Ich verbrachte eine Weile damit, mir zu überlegen, was ich anziehen sollte, um ihm zu gefallen. Doch woher sollte ich wissen, was ihm gefiel? Ich wollte vermeiden, daß er mich für gewöhnlich, vulgär oder arm hielt. Den ganzen Tag drehte sich mein Kopf vor Sorge, wie ich ihm gefallen könnte. Vor meinem Kleiderschrank stehend, konnte ich mich nicht entscheiden, was ich anziehen sollte. Mit einemmal schienen mir all meine Kleider alt und abgetragen – morgen sollte meine Neugeburt sein! Endlich würde ich Mutter und Vater haben. Ich beschloß, daß meine Kleidung das Bild einer intelligenten, jungen Frau spiegeln sollte, einer Frau, auf die mein Vater stolz sein könnte.

Leider befand sich in meinem Schrank keine derartige Kleidung, und meine Nervosität steigerte sich ins Unerträgliche. Mir fiel ein, daß ich im vierten Monat schwanger und zudem verarmt war, und mein ganzes Selbstvertrauen verschwand. Wie konnte ich sicherstellen, daß mein Vater mich liebte? Ich fühlte mich plötzlich wie ein bodenloses Faß, das darauf wartete, mit Liebe gefüllt zu werden.

Ich durchkämmte mein Fotoalbum nach einem passenden Bild und schrieb: »Für meinen Daddy, den ich mehr liebe als alles auf der Welt, von seiner Tochter.«

Der Drang, ihn anzurufen, wurde immer stärker, und obwohl ich den Hörer schon ein paarmal in der Hand hatte, legte ich ihn wieder auf, ohne seine Nummer zu wählen. So ging ich schließlich einfach früh zu Bett, um am nächsten Tag frisch und ausgeschlafen zu sein.

Als ich am nächsten Tag aufwachte, war ich vor Aufregung kaum in der Lage, mein Make-up aufzulegen. Meine Hände zitterten, als hätte ich aus Versehen in eine Steckdose gefaßt. Ich verschmierte meinen Lippenstift, so daß mein Gesicht aussah, als hätte ich einen Schlaganfall gehabt, und begann leise zu fluchen, als ich auch noch anfing zu schwitzen und meine Schminke zu zerlaufen begann. Zweimal fielen mir die Kontaktlinsen in das Waschbecken, das zweite Mal landete eine von ihnen sogar in der Toilettenschüssel. Es gelang mir nur durch ein Wunder, sie zu retten. Als ich das Badezimmer verließ, war ich mit meinen Nerven am Ende.

Als krönenden Abschluß steckte ich mir eine Gardenie ins Haar. Wenn mein Vater mich in den Arme nehmen würde, so dachte ich, würde er ihren exotischen Duft einatmen. Sorgfältig wählte ich einen Strauß Rosen aus meinem Garten, wickelte sie mit einem silbernen Band in Zellophan und steckte mein Foto daran. Dann stieg ich in meinen Wagen.

Ich saß kaum hinter dem Lenkrad, als mir auffiel, daß mein Kleid unweigerlich zerknautschen würde; also rannte ich zurück ins Haus und zog mir ein Paar Jeans und eine Bluse an. Bevor ich an der Tür meines Vaters klingelte, wollte ich an einer Tankstelle halten und mich umziehen.

Während der Fahrt arbeitete mein Verstand schneller, als mein altes Auto sich von der Stelle bewegte. Ich wurde zur Heldin meines eigenen Kriminalfilms. Wieder und wieder stellte ich mir vor, wie ich meinen Vater vom Verbleib seiner lange verschollenen Tochter unterrichtete und wie erleichtert er bei meinem Anblick sein würde.

Was, wenn er nicht zu Hause war? Meine Gedanken wurden von dem Geräusch quietschender Reifen unterbrochen – ich hatte eine rote Ampel überfahren und befand mich mitten auf einer Straßenkreuzung.

Ich lenkte den Wagen an den Straßenrand, beruhigte mich und studierte noch einmal die Straßenkarte. Ich sah, daß ich kaum einen Kilometer vom Haus meines Vaters entfernt war, und machte mich auf die Suche nach der nächsten Tankstelle, wo ich in der Toilette verschwand und meine Kleider wechselte. Der Besitzer der Tankstelle winkte mir aufmunternd zu, als ich in meinem Kleid in den Wagen stieg und meine Jeans und die Bluse zusammengerollt unter dem Arm trug. Ich lachte zurück. Er machte mir Mut.

Als ich endlich die richtige Straße gefunden hatte, war ich kaum in der Lage, die Nummern an den Häusern zu lesen, woran meine neuen Kontaklinsen zumindest teilweise Schuld hatten. Ich holte mein Fernglas aus dem Handschuhfach und betete darum, daß mich niemand beobachten würde – bei hellichtem Tag fuhr ich wie ein Spanner herum und starrte auf fremder Leute Häuser.

Das Haus meines Vaters lag in einer typischen Mittelklassegegend und befand sich in denkbar schlechtem Zustand. Die einstmals weißen Schindeln auf seinem Dach bedurften dringend der Zuwendung eines Dachdeckers, und es sah aus, als würde das Haus jeden Moment zusammenfallen. Bei näherem Hinsehen wirkte es unbewohnt.

Ich parkte den Wagen in der Einfahrt, griff nach meinen Geschenken und rannte auf das Haus zu, als ginge es um Leben und Tod. Einen Augenblick lang stand ich vor der Tür und versuchte die erwartungsvolle Aufregung eines ganzen Lebens, die in mir aufstieg, zu dämpfen. Ich strich mein Kleid gerade und fummelte an der Gardenie in meinem Haar herum. Auf dem Weg hatte ich einen Geschenkkorb mit Delikatessen erstanden, und in der anderen Hand hielt ich den Strauß Rosen. Mit dem Ellbogen betätigte ich die Türglocke. Ich hielt den Atem an und wartete auf ein Lebenszeichen aus dem Inneren und den ersten Blick auf meinen Vater.

Als die Tür schließlich geöffnet wurde, stand eine kleine Frau mittleren Alters im Türrahmen; ihr silberblondes Haar hatte sie zu einem Knoten gebunden.

Sie öffnete die Tür nur einen Spaltbreit.

»Kann ich Ihnen helfen?« fragte sie.

Nein, dachte ich frustriert, Sie können mir nicht helfen.

»Möglicherweise habe ich die falsche Adresse erwischt«, antwortete ich so ruhig wie möglich. »Lebt hier ein gewisser Mr. Benjamin Donee?«

»Ja«, sagte sie, »aber es geht ihm nicht gut. Vielleicht kann ich Ihnen behilflich sein.«

Obwohl sie sich alle Mühe gab, freundlich und zuvorkommend zu erscheinen, hinderte sie mich daran, meinen Vater zu sehen.

»Tut mir leid, daß es ihm nicht gutgeht«, sagte ich, »aber wenn er mich sieht, wird er sich freuen.«

Ich schob sie sanft zur Seite und ging zielstrebig an ihr vorbei ins Wohnzimmer.

Dort saß ein alter Mann im Rollstuhl und las ein Buch.

Verblüfft blickte er auf, und noch bevor er etwas hätte sagen können, platzte ich heraus.

»Es tut mir leid, daß du krank bist. Ich habe jahrelang nach dir gesucht und dich jetzt endlich gefunden. Ich bin deine Tochter.«

Gleichzeitig stellte ich den Korb mit den Delikatessen in seinen Schoß und hielt ihm die Rosen vors Gesicht – ich hatte mich kaum noch unter Kontrolle.

Zu sagen, daß er geschockt war, wäre pure Untertreibung gewesen. Ich wartete auf irgendein Zeichen der Freude oder der Zuneigung, doch er rührte keinen Finger, und seine Augen blickten ausdruckslos an mir vorbei in den leeren Raum.

Ich sah mir das Gesicht, auf dessen Anblick ich so lange gewartet hatte, genau an und bemerkte die feinen Linien um den Mund, die nur durch Bitterkeit erzeugt werden. Seine Falten waren Falten des Schmerzes, nicht der Freude. Weshalb war er so unglücklich?

Mit seiner hohen Stirn wirkte er intelligent, doch die traurigen, grauen Augen verliehen ihm das Aussehen eines deprimierten Bassett-Hundes. Sein Kopf war fast kahl, und seine rötlich-braune Kopfhaut schälte sich und war mit bräunlichen Altersflecken übersät. Sie erinnerte mich an eine alte abgelegte Schlangenhaut. Die noch verbliebenen Haare bildeten eine Tonsur wie bei einem Mönch und hingen lang und schlapp in den Nacken. Sein Bademantel war einige Nummern zu groß für seinen ausgemergelten Körper; dennoch konnte ich erkennen, daß er einmal ein stattlicher Mann gewesen sein mußte.

Über seinem Schoß lag eine Wolldecke, die seine Beine bedeckte, und mit Entsetzen bemerkte ich, daß sie auf einer Seite flacher war als auf der anderen. Auf der Fußstütze des Rollstuhls befand sich nur ein Schuh – er hatte nur noch ein Bein. Ich fühlte mich von seiner Erscheinung derartig abgestoßen, daß ich mich zwingen mußte, ihn anzuschauen; gleichzeitig hatte ich Mitleid mit ihm und wollte ihn fragen, was ihm zugestoßen war.

Aber der Moment schien denkbar unpassend. Ich wurde unsicher und wußte nicht mehr, was ich tun sollte. Der Märchenprinz meiner Imagination war er ganz gewiß nicht, aber er war mein Vater, und ich wollte ihn liebhaben.

Geduldig wartete ich auf eine Antwort von ihm. Mir war, als sei eine Ewigkeit vergangen, bevor er mich mit traurigen Augen ansah.

»Bitte setz dich doch, du mußt eine lange Fahrt gehabt haben.«

Er drehte seinen Rollstuhl, so daß er mir den Rücken zuwandte, und sprach mit der Frau, die mir die Tür geöffnet hatte.

»Bitte setz einen Kaffee auf, ich kann sie nicht so einfach abfertigen«, sagte er, wohl in der Annahme, daß ich ihn nicht hören konnte.

Ich konnte nicht länger an mich halten. Wenn er nicht sprach, so würde ich anfangen zu reden. Ich sagte ihm, daß der heutige Tag der glücklichste meines Lebens war. Daß ich mich fühlte, als sei eine gewaltige Last von mir genommen worden. Ich erzählte ihm, wie sehr ich mir mein ganzes Leben lang gewünscht hatte, ihn zu treffen, und wie unvollständig ich mich ohne meinen Vater gefühlt hatte.

»Mutter hat sich beharrlich geweigert, über dich zu sprechen«, fuhr ich fort. »Außer deinem Namen habe ich keinen Anhaltspunkt gehabt. Ich habe Jahre damit verbracht, darüber nachzudenken, weshalb du sie verlassen haben könntest und warum du mich nicht als dein Kind akzeptieren wolltest. Ich mußte die Wahrheit erfahren und wußte, daß sie nur von dir kommen konnte. Mein ganzes Leben habe ich mich ungeliebt gefühlt und geglaubt, daß all meine Probleme aufhören würden, sobald ich dich gefunden hätte.«

Ich erzählte ihm, wie ich schließlich mit neunzehn genügend Geld zusammengespart hatte, um eine Detektei zu beauftragen, und daß man mich erst gestern über seinen Aufenthaltsort verständigt hatte. Ich erklärte ihm, daß es für mich schwierig gewesen sei, ohne die Unterstützung eines Vaters aufzuwachsen, doch daß mich die Tatsache seiner Anwesenheit jetzt ausgesprochen beruhigte.

»Ich habe viele Fehler gemacht, unter anderem einen Mann geheiratet, den ich nicht liebte. Er hat sich alle Mühe gegeben, aber ich habe ihn zum Sündenbock für alles gemacht, was ich mit dir nicht erleben durfte. Ich habe ihn niemals geliebt, wie man einen Mann liebt, sondern immer nur wie eine Vaterfigur. Meine Ehe ist in die Brüche gegangen, aber auch hieraus ist etwas Positives entstanden – der Beweis dafür wächst in meinem Bauch heran. Ich werde Mutter, und du wirst Großvater werden.«

Ich war mir ganz sicher, daß die Erwähnung meiner Schwangerschaft ihn ein wenig auftauen würde, aber er schlug den Blick nieder und spielte mit seiner Decke. Was ich gesagt hatte, schien ihn völlig kalt zu lassen.

»Ich möchte dir nicht zu nahe treten, aber mir tut leid, daß du dein Bein verloren hast. War das schon immer so?«

»Ich habe Diabetes im fortgeschrittenen Stadium«, gab er zurück. »Ich bin mein ganzes Leben lang Vegetarier gewesen und habe niemals tierische Erzeugnisse in meinen Körper aufgenommen. Die Ärzte haben auf Insulinzufuhr bestanden, aber ich habe mich dagegen gewehrt, weil es aus den Drüsen von Kühen stammt. Mein Diabetes hat sich daraufhin unglücklicherweise verschlechtert und dazu geführt, daß einige Adern in meinem Bein platzten. Als Diabetiker hat mein Körper nur wenig Abwehrkräfte, und mein Bein entzündete sich. Als die Infektion sich ausbreitete, mußte das Bein wegen der Gefahr einer Blutvergiftung amputiert werden.«

Ich beobachtete ihn, während er sprach. Er vermied es, mir in die Augen zu schauen. Mit einer schnellen Geste hob er die Decke an und zeigte mir seinen Stumpf, so als wolle er mich mutwillig abschrecken.

Obwohl mir der Anblick Übelkeit erregte, stand ich auf und ging zu ihm hinüber. Ich legte meinen Kopf auf seinen Stumpf und blickte ihn von unten an, wie einen Helden. »Ich habe dich lieb, Daddy«, sagte ich. »Bitte sag mir, daß du mich ebenfalls lieb hast. Es ist mir wichtig.«

Er sagte kein einziges Wort.

Langsam breitete sich Verzweiflung in mir aus – dies hätte der schönste Moment meines Lebens werden sollen, was war geschehen? Sosehr ich mich auch bemühte, es gelang mir nicht, eine Beziehung zwischen uns herzustellen.

»Daddy, bitte sag etwas. Was ist mit dir? Was hast du dein ganzes Leben über gemacht? Weshalb hast du uns verlassen? Freust du dich nicht, deine eigene Tochter zu sehen?«

Mit aller Kraft versuchte ich, meine Augen am Überlaufen zu hindern.

Sein Gesicht verzog sich zu einer schmerzhaften Grimasse, und nervös begann er, sich in seinem Rollstuhl zu winden. Die Stille wurde ohrenbetäubend, bis er schließlich mit brüchiger Stimme zu sprechen begann. »Mir ist klar, daß du einen weiten Weg gekommen bist und dir viel Mühe gegeben haben mußt, um mich zu finden. Wahrscheinlich hat es dich einen Haufen Geld gekostet. Ich kann mir denken, wie du dich jetzt fühlst. Jahrelang hast du davon geträumt, deinem Vater gegenüberzusitzen. Du hast viele Opfer auf dich genommen, um diesen Augenblick möglich zu machen, und bist mit grenzenlosen Erwartungen hier aufgetaucht. Wie kannst du mich lieben, wo ich dir solchen Schmerz bereitet habe?

Dein ganzes Leben hast du dich unvollständig gefühlt, weil dir dein Vater gefehlt hat. Ich habe dir sorgfältig zugehört und weiß, daß du auf ein Zeichen der Zuneigung von mir wartest. Du bist eine liebenswerte junge Frau, und ich möchte dich nicht vor den Kopf stoßen – Gott, ich fühle mich miserabel, aber ich bin nicht in der Lage, dir zu geben, was du suchst. Es existiert nicht. Ich bin nicht dein leiblicher Vater, und dein Kind ist nicht mein Enkel!«

Automatisch preßte ich meine Hände an meine Ohren. Ich glaubte, mein Kopf würde mir von den Schultern rollen. Zwischen einem Seufzer und einem Heuler blieb mir die Luft weg. Seine Worte hatten mein Innerstes nach außen gekehrt, und ich war am Boden zerstört.

»Du lügst!« schrie ich mit aller Kraft. »Willst du deine eigene Tochter verstoßen? Die Detektive haben zwei Jahre damit verbracht, dich ausfindig zu machen und sicherzustellen, daß du mein Vater bist. Wie kannst du das Gegenteil behaupten? Weshalb tust du mir das an?«

Er starrte an die Decke und dann auf die Frau an seiner Seite. Sein Blick war unstet und wanderte durch den Raum wie der eines unruhigen Tieres in Gefangenschaft.

Die Hand in seinem Schoß hatte zu zittern begonnen, seine Bewegungen wurden unkoordiniert. Wie konnte dieser Halb-Mann es wagen, mich derartig vor den Kopf zu stoßen, mich, die ich ihn wie besessen liebte?

Sein Atem ging nur noch stoßweise, und die bitteren Züge um seinen Mund ließen sein Gesicht zu einer tragischen Maske erstarren, die es mir unmöglich machte, sie zu durchschauen. Seine Augen wichen mir auch weiterhin aus, und seine Haut hatte die Farbe von gelöschtem Kalk. Es war offensichtlich, daß er schwer krank war. Seine Stimme war flach und emotionslos, als er erneut zu sprechen begann.

»Du erinnerst mich an alles, was ich von meiner Vergangenheit begraben glaubte. Die Ehe mit deiner Mutter war eine Katastrophe. Wir paßten sexuell nicht zueinander. Damals war ich ein unternehmungslustiger Mann, voller Tatendrang und Kraft. Deine Mutter war farblos, zurückgezogen und frigide. Ich habe um eine Scheidung gebettelt, doch sie hat abgelehnt. Jedesmal, wenn ich sie sah, wuchs mein Haß, bis ich eines Tages ohne ein Wort einfach gegangen bin. Während dieser Trennung hat sie dich empfangen. Ich kann unter gar keinen Umständen dein Vater sein!«

Seine Worte trafen mich wie ein Dolchhieb. Ich fühlte mich wie ein entwurzelter Baum, und mit einemmal schien alle Kraft aus meinem Körper zu weichen. Ich konnte mich kaum auf den Beinen halten. Es war offensichtlich, daß er glaubte, was er sagte; doch wenn er nicht mein Vater war, wer um alles auf der Welt sollte es dann sein?

Ich begann unzusammenhängendes Zeug zu reden, und versuchte ihm zu beweisen, daß er mein Vater sein mußte. Vielleicht hatte er meine Mutter während der Trennung besucht und mit ihr geschlafen, wollte das aber vor mir nicht zugeben.

Die Frau, die als seine Krankenschwester zu fungieren schien, wich nicht von seiner Seite. Schließlich wandte ich mich ihr zu und sagte in ärgerlichem Ton: »Diese Unterhaltung ist strengvertraulich und geht Sie nicht das geringste an. Ich weiß nicht, wer Sie sind, aber Sie sollten den Anstand besitzen und mich mit meinem Vater allein lassen!«

»Ich verstehe deine Aufregung, Liebling, aber du irrst dich«, erwiderte sie. »Diese Angelegenheit geht mich eine ganze Menge an. Ben ist mein Ehemann, und er sagt dir die Wahrheit.

Er ist nicht dein Vater, und ich bin diejenige, die dies bezeugen kann, weil ich mit ihm zusammenlebte, als deine Mutter schwanger wurde. Schon ein Jahr, bevor er deine Mutter verließ, hatten wir eine Affäre. Er wollte sie nicht betrügen, aber sie hat ihn förmlich aus dem Bett geworfen und verweigerte ihm jeden sexuellen Kontakt. Ich lebte damals bei den beiden im Haus und habe mich um deinen Bruder gekümmert. Ich war in der Lage, deinem Vater die Liebe und die Zuneigung zu geben, die ein gesunder Mann seines Alters braucht und die deine Mutter nicht geben konnte. Er hat sich von deiner Mutter getrennt und fast ein ganzes Jahr bei mir gelebt. Dann hat deine Mutter uns irgendwie gefunden und ihm von ihrer Schwangerschaft erzählt. Sie verlangte, daß er zu ihr zurückkehren und sie unterstützen solle. Obwohl er wußte, daß er nicht der Vater war, zog er zu ihr zurück und versuchte ihr bis zu deiner Geburt behilflich zu sein.

Während dieser Zeit versuchte er, sie zu einer Abtreibung zu überreden, weil er wußte, daß deine Geburt nur Elend über euch bringen würde. Deine Mutter wußte nichts von unserer Affäre, bis sie uns zwei Tage nach deiner Geburt bei ihrer Rückkehr aus dem Krankenhaus im Bett fand. Ben sagte kein Wort, er glaubte nicht, ihr eine Erklärung zu schulden. In ihren Armen trug sie das Kind eines anderen. Er hat seine Sachen gepackt und ist gegangen. Seitdem sind wir zusammen.«

Ich suchte immer noch nach einer logischen Erklärung.

»Sie haben keine Ahnung, wie rückständig meine Mutter in sexuellen Belangen ist. In den zwanzig Jahren, die ich bei ihr war, ist sie nicht einmal mit einem anderen Mann ausgegangen. Glauben Sie wirklich, daß sie Ben mit einem anderen betrogen hätte?«

»Liebes Kind, deine Mutter hat Sex gehabt«, antwortete der Mann im Rollstuhl mit ruhiger Stimme. Der bittere Zug um seinen Mund war gewichen, und sein Gesichtsausdruck war sanft und mitfühlend geworden.

»Deshalb habe ich sie für meine geliebte Louise verlassen. Genau wie dir fällt es auch mir äußerst schwer zu glauben, daß sie mit einem anderen Mann geschlafen haben soll, aber es ist eine Tatsache, daß wir zur Zeit deiner Empfängnis voneinander getrennt waren. Die einzige Frau in meinem Bett war Louise. Ich kann also nicht dein Vater sein. Ich wünschte, ich könnte dir etwas anderes sagen, damit du glücklich wirst. Ich bin nur ein alter Mann, dem nicht mehr viel Zeit bleibt, und ich möchte meine letzten Tage in Frieden verbringen. Dein Auftauchen ist für mich ein großer Schock. Es tut mir aufrichtig leid, daß dieses Treffen nicht so verlaufen ist, wie du es dir vorgestellt hast, aber Wahrheit bleibt Wahrheit. Wir sind Fremde und werden es wohl auch bleiben.«

Ich begann hemmungslos zu schluchzen. Es war aussichtslos. Ich hatte keinen Vater. Ich hatte keine Identität.

Ich versank in einen Abgrund von Scham, mir wurde übel, und mein Magen zog sich zusammen. Ich legte die Hand vor den Mund, um zu verhindern, daß ich mich erbrach.

»Es tut mir leid, daß ich noch mehr Leid in Ihr Leben gebracht habe«, sagte ich. »Das scheint meine Bestimmung auf dieser Welt zu sein. Ich werde jetzt gehen und nicht wiederkommen. Ich fühle mich, als hätte man meine Seele ermordet.«

Wie eine Betrunkene stolperte ich ins Freie. Ich kam mir vor, als hätte ich gerade das Laufen gelernt. Ich wollte zu meinem Wagen, taumelte aber geradewegs an ihm vorbei, in die Mitte der Straße. Kreischende Bremsen rissen mich brutal in die Wirklichkeit zurück.

»Du Vollidiot!« schrie ein ärgerlicher Autofahrer. »Kannst du nicht aufpassen, wo du hinläufst? Hast du kein Hirn?«

Nein, dachte ich. Ich habe überhaupt nichts mehr. Schade, daß er mich nicht überfahren hatte. Wozu sollte ich weiterleben?

Mein Leben war in eine Sackgasse geraten. Ich würde niemals herausfinden, wer mein Vater war. Und in der dunkelsten Stunde meines Lebens dämmerte mir eine weitere Tatsache, die mir den letzten Rest gab: In meinem ganzen Leben hatte ich nur mit einem einzigen Mann geschlafen und war zur Zeit meiner Empfängnis zölibatär gewesen!

Eben hatte ich gehört, daß meine Mutter von ihrem Mann getrennt gelebt hatte, als ich empfangen worden war. Sie hatte mir erzählt, daß auch sie nur mit einem einzigen Mann Geschlechtsverkehr gehabt hatte. Vielleicht wußte sie genau wie ich nicht, wer der Vater ihres Kindes war. Unsere beiden Männer schworen, daß sie nicht die Väter unserer Kinder waren. Wer oder was waren meine Mutter und ich? Monster, die in eine Zirkusshow gehörten? Weder ich noch das Kind in meinem Bauch hatten einen Vater. Wir waren nicht normal, soviel stand wohl fest.

Kapitel VI

Von jenem Tag an versank ich in einer Hölle aus destruktiven und verzweifelten Gedanken, die nicht wieder von mir abließen. Mein inneres Inferno wurde schließlich so real, daß ich nur noch aus Schmerz zu bestehen schien und nicht mehr wußte, wer ich war oder je gewesen sein sollte.

Ich war felsenfest davon überzeugt gewesen, daß mich das Auffinden meines Vaters zu einer kompletten Person machen würde – jetzt war ich tatsächlich komplett, komplett negativ.

Seine Worte »Du bist nicht meine Tochter« schienen durch jede Zelle meines Körpers zu klingen, von meinen Knochen abzuprallen und jeden meiner Nerven zu strangulieren, bis mir die Haut brannte. Ich wurde von unkontrollierbaren Zuckungen heimgesucht und fühlte mich danach, als seien mir Eingeweide aus dem Bauch gezogen worden. Ich verlor die Kontrolle und jeglichen Stolz, und es schien, als ob keine Macht der Welt in der Lage war, mich aus dieser Dunkelheit zurückzuholen.

In dieser Zeit begann ich zu dem mysteriösen Unbekannten zu beten, mich nicht auch noch zu verlassen. Mein ungeborenes Kind wollte leben, und ich brauchte ihn, um mich durch diese Zeit absoluter Depression zu leiten. Bewegungslos wartete ich auf sein Erscheinen, doch er gab nicht das kleinste Lebenzeichen von sich, sondern schien mich ebenso abgeschnitten zu haben wie mein vermeintlicher Vater.

Mit letzter Kraft rief ich den mysteriösen Unbekannten an und bat ihn darum, mir zu erscheinen. »Bitte zeig dich mir. Ich ertrinke in Sorgen und Leid. Mein Körper ist nur noch eine wabbelige Masse, ich brauche deine Kraft und deinen Zuspruch«, heulte ich wie ein Schloßhund und wünschte, die Erde möge sich auftun und mich verschlucken, damit ich niemals wieder um Liebe würde betteln müssen. Hatte meine Mutter mich absichtlich belogen, ebenso wie der mysteriöse Unbekannte? Vielleicht war das Leben lediglich eine große Lüge und mehr nicht. Ich konnte keinem mehr etwas glauben und mir selbst schon gar nicht! Mein Haus erschien mir kalt und tot und verstärkte meine Einsamkeit noch. Vollständig bekleidet legte ich mich ins Bett und sah die häßlichen Flecken, die mein vor Aufregung Erbrochenes auf dem zerknitterten Kleid hinterlassen hatte. Jetzt war es mir vollkommen egal – alles war mir vollkommen egal. Ich zog mir die Decke über den Kopf, versuchte mich von der Realität abzuschirmen und schlief ein.

Der nächste Tag war von einem stählernen Grau, das meiner Stimmung entsprach. Ich wußte, daß ich meine Arbeitsstelle verlieren würde, wenn ich nicht dort auftauchte, und quälte mich aus dem Bett. Wankend schleppte ich mich ins Bad und schwitzte wie nach einer Bergbesteigung. Mit einemmal zuckte mein Bauch. Ich entfernte die Kleider, in denen ich geschlafen hatte, und besah mir meinen Körper. Wieder rumorte in meinem Bauch eine langsam rollende Bewegung. Mein Kind gab sein erstes sichtbares Lebenszeichen von sich!

An meinem Arbeitsplatz angekommen, versuchte ich mich so gut es eben ging auf meinen Job zu konzentrieren, doch immer wieder wanderten meine Gedanken zu der bevorstehenden Konfrontration mit meiner Mutter, die ich während der Mittagspause erreichen und wegen meines leiblichen Vaters ein für allemal zur Rede stellen wollte – doch es war immer besetzt, bis schließlich der Besitzer des Schönheitssalons abnahm.

»Gott sei Dank, daß Sie anrufen«, sagte er. »Ich habe schon versucht, Sie zu erreichen. Ihre Mutter ist plötzlich erkrankt und ins Santa Monica Hospital eingeliefert worden.«

»Was ist passiert?« fragte ich.

»Etwas mit ihren Lungen ist nicht in Ordnung. Sie war gerade dabei, einem Kunden die Haare zu schneiden, als sie plötzlich keine Luft mehr bekam. Im Krankenwagen hat man sie sofort an den Sauerstoffapparat angeschlossen. Bitte halten Sie mich auf dem laufenden darüber, wie es ihr geht.«

Ich nahm den restlichen Tag frei und eilte ins Krankenhaus, wo ich meine Mutter schließlich unter einem Sauerstoffzelt aus Plastik fand. Ihr Gesicht war aschfahl, und ihr graues dünnes Haar klebte platt auf ihrer Stirn. Ihr zerbrechlicher Körper war an einen Tropf angeschlossen, und unter ihrem Nachthemd wurde ein ständiges EKG abgenommen. Ihre Lebenskraft schien unaufhaltsam zu schwinden. Die Frau vor meinen Augen sah nicht einmal mehr wie meine Mutter aus. Jeder Glanz war aus ihrem Gesicht verschwunden. Wie um alles in der Welt hatte sie in so kurzer Zeit so krank werden können?

Ein Arzt betrat den Raum und setzte sich an ihre Seite, um den Puls zu messen. Er würdigte mich keines Blickes.

»Ihre Mutter ist schwerkrank«, flüsterte er schließlich. »Kommen Sie mit hinaus auf den Flur, wo wir uns ungestört unterhalten können.«

Er führte mich in ein kleines Zimmer und bot mir Kaffee und einen Snack an. Ich lehnte dankend ab.

»Ihre Mutter befindet sich in kritischer Verfassung. Eine filmartige Substanz breitet sich mit beunruhigender Geschwindigkeit in ihren Lungen aus. Ursprünglich waren wir den Ansicht, sie sei an Krebs erkrankt, aber die bisherigen Testergebnisse sprechen dagegen. Tuberkulose fällt ebenfalls aus. Nach gründlichem Studium der Röngtenaufnahmen und der Testergebnisse sind wir zu der Auffassung gelangt, daß es sich um einen schnell wuchernden, bisher unidentifizierten Pilzbefall handeln muß. Der Biopsiebericht müßte innerhalb der nächsten Stunde eintreffen.«

Wie ein kleines Kind kniete ich neben meiner Mutter und betete darum, daß Gott sie nicht von mir nehmen möge. Ich bemerkte nicht, daß der Arzt den Raum erneut betreten hatte.

»Die Prognose ist nicht sehr vielversprechend, da wir die Krankheit Ihrer Mutter nicht diagnostizieren können. In der Struktur ihrer Zellen findet eine seltsame Mutation statt, die unseren Pathologen bisher nicht bekannt ist. Wir schicken Proben ins Labor nach New York und werden innerhalb der nächsten achtundvierzig Stunden wissen, worin eine mögliche Behandlung bestehen könnte. Ich wünschte, ich hätte bessere Nachrichten, aber wir haben es hier mit etwas völlig Unbekanntem zu tun.«

Ich zog einen Stuhl an ihre Seite und betrachtete ihr eingefallenes und ausgemergeltes Gesicht. Ich fragte mich, wie viele Träume in ihrem Inneren zerbrochen waren und wie sie es geschafft hatte, ihre Hoffnung nicht zu verlieren.

»Ich liebe dich, Mutter!« sagte ich. »Bitte stirb noch nicht.« Ich dankte ihr für alles, was sie für mich getan hatte, und erklärte ihr, daß ich mich schuldig dafür fühlte, ihr Leben nicht einfacher gemacht zu haben. Ich ließ die Nachtschwester kommen und bat sie darum, ein Klappbett aufstellen zu dürfen. Die Schwester gab zu bedenken, daß die Krankheit meiner

Mutter ansteckend sein könnte, und so legte ich einen Mundschutz an, um mein ungeborenes Kind zu schützen.

Als ich nach einer unruhigen Nacht erwachte, sah ich zu meiner Erleichterung, daß meine Mutter ihre Augen geöffnet hatte. Ihr Gesicht war immer noch noch aschfahl, aber es schien ihr besser zu gehen. Man hatte das Sauerstoffzelt entfernt und statt dessen ein tragbares Gerät angeschlossen.

»Hast du die ganze Nacht an meinem Bett gesessen, Liebling?« fragte sie mit schwacher Stimme.

»Ja«, erwiderte ich freudig. »und ich habe vor, so lange zu bleiben, bis ich sicher bin, daß das Schlimmste vorüber ist. Weiß mein Bruder, was passiert ist?«

»Ja, einer der Nachbarn hat ihn ausfindig gemacht, aber er ist nicht gekommen.«

Ihre Augen füllten sich mit Tränen. Was für ein Bastard mein Bruder doch war! Wie konnte er seine todkranke Mutter so im Stich lassen? Er war genau wie all die anderen männlichen Ratten auf dieser Welt.

»Reg dich bitte nicht auf, Mutter. Harry kann niemanden wirklich liebhaben. Er macht sich aus keinem Menschen der Welt etwas. Du brauchst jetzt all deine Kraft, um wieder gesund zu werden.«

Ich zögerte eine Weile und entschied dann, daß der Zeitpunkt gekommen war.

»Darf ich dich etwas Wichtiges fragen, Mutter?«

»Wenn es dir wichtig ist, ist es mir auch wichtig. Ich weiß, daß wir in den letzten Jahren wenig Kontakt hatten, und möchte mich dafür bei dir entschuldigen, aber deine Fragen waren oft einfach zu schmerzhaft für mich. Jetzt, da ich nicht weiß, wie lange ich noch zu leben habe, kannst du mich fragen, was du willst, und ich werde versuchen, dir eine zufriedenstellende Antwort auf deine Fragen zu geben.«

Das unausgesprochene Elend meiner Mutter stand jetzt in jede Falte ihre Gesichtes geschrieben, und ich konnte meine Tränen nicht länger zurückhalten. Sie sah es und seufzte kurzatmig. »Bitte sei nicht traurig. Ich bin eine alte Frau, und du hast dein ganzes Leben noch vor dir. Ich möchte nur noch alt genug werden, um mein Enkelkind in den Armen zu halten.«

Vielleicht, so dachte ich, war sie viel älter, als ich angenommen hatte. Ich hatte ihr Alter nie mit jemandem besprochen, und wenn mein Vater tatsächlich schon achtzig war, dann war sie vielleicht ebenso alt. Doch das war unmöglich. Sie konnte zur Zeit meiner Geburt doch unmöglich sechzig Jahre gewesen sein.

»Mutter, gerade als du krank wurdest, habe ich meinen Vater ausfindig gemacht. Mein ganzes Leben habe ich damit verbracht, ihn mir vorzustellen. In meinem Kopf wurde er über die Jahre zu einem perfekten, gottgleichen Wesen – statt dessen ist er jedoch nur ein kranker alter Mann, dem ein Bein fehlt. Ich habe ihn mit meinen Gefühlen wohl ziemlich überwältigt und ihm erzählt, daß er Großvater wird.

Er hat kein einziges Mal gelächelt oder seiner Freude darüber Ausdruck verliehen. Ich hatte mir so sehr gewünscht, daß er mich liebhat, aber er blieb kalt wie ein Fisch. Dann erklärte er, daß ich nicht seine Tochter sei, daß ihr beide zur Zeit deiner Empfängnis getrennt wart und er mit Louise lebte. Er sagte, für ihn sei ich eine Fremde! Ich nannte ihn einen Lügner. Aber Louise, die mittlerweile seine Frau ist, bestätigte, was er sagte. Ich war mit meinen Nerven völlig am Ende.

Mutter, nur du kannst mir sagen, wer in Wirklichkeit mein Vater ist. Ich muß die Wahrheit wissen – warst du wirklich von ihm getrennt, als du mit mir schwanger wurdest, und wenn ja, wer ist dann mein Vater?«

Aus ihrem Gesicht wich das letzte bißchen Farbe, als sie kaum vernehmbar keuchte: »Ich schwöre angesichts meines Todes und allem, was mir heilig ist, daß ich niemals mit jemand anderem als deinem Vater eine sexuelle Beziehung hatte. Deshalb mußt du seine Tochter sein!«

»Wie konntest du schwanger werden, ohne körperlichen Kontakt mit jemandem zu haben?«

»Ich weiß es selbst nicht. Ich habe selbst nie verstanden, wie ich schwanger werden konnte. Ich habe zu Gott um eine Tochter gebetet und geschworen, sein Geschenk an mich niemals anzuzweifeln.«

Mit diesen Wort rollten ihre Augen zurück in den Kopf, und ich fürchtete, sie würde sterben. Ich riß die Sauerstoffmaske von ihrem Gesicht und nahm sie in den Arm, während ich nach dem Arzt rief.

Die Krankenschwester beruhigte mich und zeigte mir, daß das Herz meiner Mutter weiterhin funktionierte und sie in ein Koma gefallen war.

Trotzdem kam ich vor Sorgen fast um den Verstand. Wenn sie nun das Bewußtsein nicht wiedererlangte? Wie hatte ich so schwachsinnig sein können, sie in diesem Augenblick ihres Lebens mit meinen Fragen zu belasten? Wieder und wieder gingen mir ihre Worte durch den Kopf. Weshalb sollte ich ihre Richtigkeit anzweifeln? Sie hatte geschworen, mit keinem anderen Mann geschlafen zu haben. Ich war nie mit jemand anderem als Bob im Bett gewesen. Beide hatten wir unerklärliche Schwangerschaften. Ich würde aufhören müssen, nach logischen Erklärungen für diese Tatsache zu suchen. Es gab keine.

Während wir auf die Testergebnisse aus New York warteten, schien sich der Zustand meiner Mutter zu verschlechtern. Ihre Haut war jetzt so weiß wie eine Eierschale, und unter ihren Augen hatten sich dunkle Ringe tief in ihr Gesicht gegraben. Schließlich kam der Arzt mit den Ergebnissen.

»Unglücklicherweise haben wir immer noch keine Diagnose«, sagte er, »aber der Experte in New York hat bereits zwei ähnliche Fälle wie den Ihrer Mutter erlebt und schlägt die Behandlung mit einem Medikament vor, das die Ausbreitung des Pilzbefalls in ihrer Lunge stoppen wird. Wir werden unverzüglich mit der Behandlung beginnen, und vorausgesetzt, daß sie ihr Bewußtsein wiedererlangt, sollte sie in kürzester Zeit außer Gefahr sein. Sollten wir jedoch den Grund für ihre Krankheit nicht finden, wird sie nur noch wenige Monate zu leben haben.«

»Gibt es keine andere Möglichkeit, irgend etwas, das wir jetzt sofort unternehmen können?« wollte ich wissen.

»Wir werden unsere Untersuchungen fortsetzen und die Proben zu einer Klinik nach Deutschland schicken, die sich auf Lungenkrankheiten spezialisiert hat. Es ist nicht ausgeschlossen, daß Ihre Mutter geheilt werden kann.«

Ich betete zu einem Gott, von dem ich nicht sicher war, daß er existierte, daß die neue Medizin meiner Mutter helfen möge. Innerhalb von zwei Stunden war sie wieder bei Bewußtsein und konnte zum ersten Mal seit ihrer Erkrankung feste Nahrung zu sich nehmen.

Ihre ersten Worte galten Scotty, dem Kanarienvogel, der immer noch daheim in seinem abgedunkelten Käfig hockte und auf frisches Futter und Wasser wartete.

Ich versprach ihr, mich um Scotty zu kümmern, und fuhr am Nachmittag zu ihrem kleinen Haus, wo ich Scotty aus seinem Gefängnis befreite. Er mauserte sich, und seine Augen blickten stumpf und ausdruckslos in die Landschaft. An mangelndem Essen oder zu wenig Wasser konnte sein veränderter Zustand nicht liegen, beides war noch reichlich vorhanden. Vielleicht ahnte er, daß seine Besitzerin schwer krank geworden war. Vielleicht hatte er auch nur zu lange im Dunkeln gesessen und war deprimiert. Ich warf die verderblichen Nahrungsmittel aus dem Eisschrank in den Müll und eilte dann zum Krankenhaus zurück, wo ich Scotty in seinem Käfig neben meiner schlafenden Mutter abstellte.

Ich betrachtete meine Mutter und den zerzausten Vogel, der ihr ein und alles war, und mußte dabei wieder an meinen Vater denken und daran, ob ich überhaupt einen Vater hatte. Die Jungfrau Maria war ich jedenfalls nicht, soviel stand fest. Ich merkte, wie die Besessenheit mit der Identität meines Vaters mein Leben zu zerstören drohte und beschloß, mich von nun an in meine Arbeit zu stürzen. Jeden Abend besuchte ich meine Mutter, deren Zustand sich stabilisierte, ohne sich jedoch zu verbessern. Sie blieb an das Sauerstoffgerät angeschlossen.

Ich selbst hatte mittlerweile dreißig Pfund zugenommen. Mein Gang ähnelte dem einer Bleiente, wenn ich versuchte, die kleinen Boote und Yachten in unserem Ausstellungsraum zu erklimmen, um einem Kunden etwas zu erklären oder zu zeigen. Eines Tages sprach mich ein wohlhabender Kunde, dem bereits zwei Boote gehörten, auf meinen Zustand an.

»Ich möchte Sie nicht mit meinen Problemen belasten«, gab ich ausweichend zur Antwort.

»Weshalb unterstüzt Ihr Ehemann Sie nicht? In Ihrem Zustand sollten Sie auf keinen Fall arbeiten.«

»Mein Mann hat mich verlassen.«

»Arbeiten Sie hier auf Provision?«

Ich nickte.

»Nun, heute werden Sie zumindest eine saftige Provision kassieren. Ich kaufe das Boot für meinen Sohn. Auf diese Weise können Sie zumindest Ihre Krankenhausrechnung bezahlen.«

Ich wollte Einwände erheben, aber der Kunde erstickte sie im Keim und gab zu bedenken, daß er über mehr Geld verfüge, als ich mir vorstellen könne. So bedankte ich mich lediglich.

»War mir ein Vergnügen«, sagte er. »Geben Sie gut auf sich und Ihr Baby acht, versprochen?«

Vielleicht gab es doch einen Gott, dachte ich.

Meine Provision würde über eintausend Dollar betragen; genug, um den Arzt zu bezahlen, Kinderkleider zu kaufen und ein Bett sowie ein paar Umstandskleider für meinen unförmigen Körper. In den folgenden drei Monaten rannte ich kopflos zwischen Arbeit, Krankenhaus und Schwangerschaftsbetreuung hin und her. Der Zustand meiner Mutter verschlechterte sich wieder, und mein Bauch sah mittlerweile aus wie eine überreife Melone, die jeden Augenblick aufplatzen konnte. Trotzdem ging ich weiterhin zur Arbeit. Jeder Cent, den ich jetzt verdiente, würde es mir nach der Geburt erleichtern, daheimzubleiben und Zeit mit meinem Kind zu verbringen.

Dann entdeckte ich eines Morgens den toten Scotty in seinem Käfig und schaffte den Käfig mitsamt Vogel aus dem Krankenzimmer, um irgendwo in der Stadt einen neuen Vogel aufzutreiben, der genauso aussah wie Scotty. Woher ich einen Sänger wie Scotty bekommen sollte, war mir allerdings schleierhaft, und beim Anblick des toten Kanarienvogels wurde mir mit einemmal klar, daß meine Mutter nicht mehr lange zu leben haben würde. Sie hatte mir gesagt, daß ihr größter Wunsch darin bestand, ihr Enkelkind in den Armen zu halten. In wenigen Tagen würde es soweit sein, dann würde sie endlich in Frieden gehen können.

Kapitel VII

Die Geschichte von Scotty und meiner Mutter war eine Geschichte für sich, die Geschichte einer Frau, die ihren Kanarienvogel als Ersatz für einen Mann hielt, den sie über alles geliebt hatte. Und von einem Knäuel gelber Federn, das nichts mehr mochte als meine kleine alte Mutter.

Ich legte Scottys kleinen Körper in eine alte Schuhschachtel, die ich vorher mit Papiertaschentüchern ausgepolstert hatte. Aus zwei hölzernen Eisstielen hatte ich ein Kreuz mit seinem Namen gefertigt. Dann beerdigte ich den kleinen Sänger und stellte einen kleinen Topf mit Butterblumen auf den niedrigen Hügel über seinem Grab. Schweigend dankte ich ihm für die Freude, die er meiner Mutter und mir bereitet hatte.

Ich wußte, daß es praktisch unmöglich sein würde, Ersatz für ihn zu finden, und wählte schließlich den besten Scotty-Imitator aus, dessen ich habhaft werden konnte. Ich steckte ihn in Scottys Käfig, den ich in das Krankenzimmer meiner Muttter schaffte. Sie lag unter dem Sauerstoffzelt, doch ihr Gehör schien darunter nicht zu leiden.

»Ist das Scotty?« fragte sie, kaum daß sie den munter zwitschernden Vogel gehört hatte. »Er klingt so anders.«

»Natürlich ist es Scotty«, log ich erschrocken. »Wer sonst?«

»Tut mir leid, Liebling. Unter dieser Plastikblase kann ich kaum etwas hören.«

Ich fühlte mich schuldig, weil ich ihr nicht die Wahrheit gesagt hatte. Ich hatte sie noch nie zuvor angelogen, doch als ich ihren täglich kleiner werdenden Körper unter dem Plastikzelt liegen sah, wußte ich, daß meine Notlüge gerechtfertigt war. Mit einemmal überwältigten mich Angst, Bitterkeit und Reue, und eine beinahe unerträglich werdende innere Anspannung stieg in mir auf und ließ mein Gesicht zu einer defensiven Maske erstarren. Ich fürchtete, daß meine Mutter sie bemerken würde, und verabschiedete mich mit der Begründung, die Lichter an meinem Wagen brennengelassen zu haben.

Ich stolperte aus dem Raum, rannte direkt in die Arme des diensthabenden Arztes und schlug ihm einen Stapel Akten aus der Hand. Peinlich berührt, versuchte ich sie vom Boden aufzuklauben, doch er hinderte mich daran und ergriff meinen Arm.

»Lassen Sie die Ordner und beruhigen Sie sich. Soll ich Ihnen ein Glas Wasser bringen lassen?«

»Ist schon gut«, schluchzte ich. »Ich bin vollkommen mit den Nerven fertig. Ich habe Angst, daß meine Mutter stirbt, ich bin hochschwanger und mußte gerade ein weiteres Familienmitglied beerdigen. Ich kann einfach nicht mehr.«

»Ich wünschte, ich hätte bessere Nachrichten für Sie. Der Zustand Ihrer Mutter verschlechtert sich, weshalb wir die Dosis verdoppeln werden. Der deutsche Pathologe hatte ebenfalls nichts Gutes zu berichten. Er erinnerte sich an einen derartigen Pilzbefall aus der Zeit nach dem Ersten Weltkrieg, der durch die Anwendung von Giftgas erzeugt wurde. Er ist der Ansicht, daß während des Zweiten Weltkrieges auf deutscher Seite weiterhin mit diesem Gas experimentiert wurde, und läßt anfragen, ob sich Ihre Mutter zu dieser Zeit in Europa aufgehalten haben könnte. Sollte dem so sein, könnte es sich bei ihrer Krankheit um die Folgen einer Langzeitwirkung aus diesen Tagen handeln, obwohl er auch nicht hundertprozentig sicher ist, daß es exakt die gleiche Krankheit ist. Die Röntgenaufnahmen von heute nachmittag zeigen jedenfalls einen alarmierenden Zuwachs der Fibern in ihrer Lunge, und ihre Atemschwierigkeiten wirken sich mittlerweile auf die Herztätigkeit aus. Wenn nicht ein Wunder geschieht, wird sie nicht mehr sehr lange zu leben haben. Wir haben alles Menschenmögliche getan, um Ihrer Mutter zu helfen. Doch manchmal bleibt uns nichts anderes, als Gottes Willen zu akzeptieren.«

Seltsamerweise beruhigten mich die Wahrheit und die Gewißheit, daß meine Mutter sterben würde. Mit einem Lächeln auf den Lippen ging ich zurück in ihr Krankenzimmer, wo sie bereits ungeduldig danach fieberte, mir etwas mitzuteilen, und mich mit zitternder und aufgeregter Stimme an ihr Bett bat. Ich sah, wie schwach sie war, und versuchte sie zu beruhigen, indem ich meine Hand auf ihre Stirn legte.

»Streng dich nicht so an«, sagte ich.

»Was dort in meinen Lungen wächst, ist stärker als ich«, sagte sie. »Ich habe Gottes Willen akzeptiert und bin nun bereit zu gehen, obwohl ich glaube, daß er möchte, daß ich meinen Enkel noch zu Gesicht bekomme. Mein ganzes Leben lang war ich in der Lage, meine Probleme und Hindernisse zu überwinden. Es war kein frohes Leben. Von Anfang an waren wir arm, und ich konnte dir nichts bieten. Ich hatte als Kind wenigstens das Glück, einer großen und fröhlichen Familie anzugehören. Ich hatte zehn Geschwister und war die jüngste, die von allen verwöhnt wurde. Wir lebten in einem riesigen turbulenten Haus in Budapest, bevor wir nach Deutschland zogen. Mein Vater war ein angesehener Rabbi, und als der Zweite Weltkrieg ausbrach, flohen wir aus Deutschland, nachdem meine Lieblingsschwester Madeleine vor unseren Augen von einem Erschießungskommando hingerichtet worden war. Ich werde niemals vergessen, wie ihr anmutiger Körper auf dem Boden zusammenbrach und ihr schwarzes langes Haar in einer riesigen Blutlache lag. Sie war Geschichtslehrerin, doch die Nazis haben ihren Unterricht als Propaganda verurteilt und sie ohne Prozeß standrechtlich erschossen. Uns blieb keine Zeit zu trauern. Wir hatten nur wenige Tage, um aus dem Land zu fliehen, bevor man uns alle umgebracht hätte. Mein Vater bezahlte einen Mann, der uns in einem Heuwagen zu einem Bauernhaus brachte, von wo aus wir unsere Flucht über die Grenze wagen wollten. Mein Vater hatte genügend Geld für die Überfahrt nach Amerika gespart. Ich kann dir jetzt unmöglich alles über die Schwierigkeiten erzählen, die wir überwinden mußten, bevor wir endlich auf dem Schiff ankamen. Auf Händen und Füßen sind wir durch Wälder und Flüsse gekrochen, während mein Vater uns an den unübersichtlichen Stellen mit seiner Pistole Rückendeckung gab.

Eines Nachmittags stieß meine Mutter einen infernalischen Schrei aus, und kurz darauf mußten wir hilflos mit ansehen, wie ein Soldat, der von hinten an sie herangeschlichen war, mit seinem Gewehrkolben auf sie einschlug, als habe er den Verstand verloren. Er riß ihr den Mantel herunter und das Kleid von den Schultern und begrapschte sie mit seinen schmutzigen Pfoten. Dann warf er meine Mutter auf den Boden und versuchte, sich an ihr zu vergehen, während wir in unserem Versteck ausharrten und Angst hatten, entdeckt zu werden. Als mein Vater zurückkehrte, riß er ohne Vorwarnung den Kopf des Soldaten an den Haaren zurück und schoß ihm mit der Pistole in den Kopf, so daß seine Schädeldecke abflog.

Mein Vater schrie wie besessen. Er war vollkommen außer sich und trat mehrere Male gegen den leblosen Körper des Soldaten. Meine Mutter lag unterdessen im Schlamm, ihr Körper zerschlagen und ihre geschwollenen Lippen naß von Schweiß und Tränen.

Mein Vater hob sie auf und hielt sie in den Armen. ›Gott vergib mir,‹ sagte er. ›Ich bin Rabbi und habe einen Mann getötet.‹

Ich sah aufmerksam zu, wie mein Vater meine Mutter hielt, und blickte dann auf den toten Abschaum, der neben ihnen lag, und darauf, wie sich sein Blut mit dem meiner Mutter auf dem Boden vermischte. Bis zu diesem Zeitpunkt war ich immer der Ansicht gewesen, daß kein Mensch das Recht hatte, über Leben oder Tod eines anderen zu entscheiden. Doch an jenem Tag hätte ich selbst keine Sekunde gezögert, den Soldaten umzubringen, wenn ich eine Waffe gehabt hätte.«

Irgend etwas in der Stimme meiner Mutter, ein Anflug tiefen Ekels, ließ in meinem Bewußtsein mit einemmal eine furchtbare Wahrheit deutlich werden. Ließ die Tatsache, daß sie sich als junge Frau nicht verheiratet hatte, vielleicht noch darauf schließen, daß sie sich nicht viel aus dem Vollzug des Geschlechtsverkehrs machte, so begann ich doch langsam zu begreifen, daß die Vergewaltigung ihrer eigenen Mutter vor ihren Augen mehr als geeignet war, sie für den Rest des Lebens vom Sex abzuhalten. Gerade als habe sie meine Gedanken erahnt, fuhr sie in ihrer Schilderung fort. »Ich habe dir all dies schon viel früher sagen wollen, doch wollte ich einfach niemals wieder daran denken – in der gleichen Nacht noch starb meine Mutter. Als ich schließlich heiratete, gab ich mir alle Mühe, meinem Mann eine gute Ehefrau zu sein, aber ich habe versagt. Sex war für meinen Mann lebenswichtig, doch jedesmal, wenn er mich im Bett berührte, sah ich wieder, wie meine Mutter von dem deutschen Soldaten auf den Boden geworfen wurde. Dann erschien mir mein Mann wie ein Tier, das ich gleichzeitig liebte und verabscheute.«

Ihre Stimme wurde schwächer, und ich bat sie darum zu schweigen, doch sie bestand darauf fortzufahren.

»Unsere Flucht wurde durch die Wetterbedingungen weiter erschwert. Die Temperatur fiel unter Null, und es fing an zu schneien. Meine Brüder begannen damit, Holz für ein Feuer zu hacken, während meine Schwestern versuchten, eine Quelle mit frischem Wasser ausfindig zu machen. Als die Nacht einbrach, waren sie immer noch nicht zurückgekehrt, und wir fürchteten deshalb, daß sie gefangengenommen worden waren. Hätten wir uns auf die Suche nach ihnen gemacht, hätte man uns vermutlich aus dem Hinterhalt erschossen. Mein Vater erklärte uns, daß die ganze Familie eine Entscheidung auf Leben und Tod würde treffen müssen. Unser aller Leben standen gegen die beiden Leben meiner großen Schwestern, und wir entschieden uns schließlich, weiterzuziehen und die Freiheit zu suchen. Als wir das Schiff endlich erreichten, das uns in die Vereinigten Staaten bringen sollte, standen wir kurz vor dem Zusammenbruch.

In Amerika standen wir ohne einen Pfenning da. Mein Vater hatte das letzte Geld für die Anmietung eines kleinen Hauses und in Lebensmitteln für die nächsten Wochen angelegt. Deshalb mußte sich jeder von uns um eine Anstellung bemühen, was für uns als Immigranten ohne englische Sprachkenntnisse extrem schwierig war. Ich hatte Glück und wurde in der Leihbücherei angestellt, um zurückgegebene Bücher wieder in die Regale zu stellen.

Eines Nachmittags hörte ich, wie sich jemand mit einem vertrauten Akzent an den Bibliothekar wandte. Ich fragte ihn schüchtern, ob er auch aus Ungarn stamme, und er erwiderte, daß er aus Wien sei. Wir wurden gute Freunde, und in den folgenden Monaten entwickelte sich zwischen uns eine zarte Liebe. Schließlich hielt er bei meinem Vater um meine Hand an. Ich war bereits über dreißig, deshalb stimmte mein Vater begeistert zu. Er war froh darüber, keine alte Jungfer daheim sitzen zu haben. Vier Monate nach der Hochzeit erfuhr ich, daß meine Schwestern gefangengenommen und in einem Konzentrationslager exekutiert worden waren. Mein Vater hielt einen Gedächtnisgottesdient in der Synagoge ab, doch in meinem Inneren zerbrach zu dieser Zeit etwas, was ich nie mehr zu heilen imstande war. Ich hörte auf, an Gott zu glauben, doch traute ich mich nicht, diese Gedanken und Gefühle mit meiner Familie zu teilen, weil mein Vater ein Rabbi war. Deswegen habe ich auch mit dir nie über Religion gesprochen – erst im Verlauf des letzten Jahres habe ich wieder zu Gott gefunden.

Das Leben mit deinem Vater verlief unharmonisch und unzufrieden, und du weißt ja selbst, wie es war, als er uns schließlich verließ.«

In diesem Augenblick kündigte ein scharfes Zucken in meinem Unterleib den Eintritt meiner Wehen an. Meine Mutter fiel in einen tiefen

Schlummer, ohne ein weiteres Wort zu sagen, deshalb drückte ich zum Abschied nur ihre Hand. Sie schlug die Augen wieder auf.

»Mom, ich habe gerade die ersten Wehen gehabt. Ich muß gehen«, flüsterte ich.

»Ich habe dir versprochen, bei der Geburt deines Kindes dabeizusein, und kann jetzt nicht einmal allein auf die Toilette gehen«, sagte sie mit schwacher und enttäuschter Stimme. »Hast du jemanden, der dir hilft?«

Ich beruhigte sie und küßte ihren schmalen Handrücken. Ein Leben verlosch, während ein anderes durch mich dabei war, in die Welt zu treten, dachte ich. Es war paradox.

Ich gelangte ohne Schwierigkeiten nach Hause und legte mich erschöpft aufs Bett. Kaum hatte ich die Augen geschlossen, hörte ich, wie jemand meinen Namen rief. Ich lauschte, und wieder hörte ich eine Stimme, die unmißverständlich nach mir zu rufen schien. Dann blieb es still. Nur der Wind rüttelte an den Fenstern. Ich wurde das Gefühl nicht los, daß mich jemand beobachtete, deshalb stand ich wieder auf und machte das Licht im Haus an. Vorsichtig schaute ich in jedem Zimmer und sogar unter meinem Bett nach, ob sich dort jemand versteckt hatte. Doch ich war allein. Ich löschte das Licht und ging wieder zu Bett. Die Schmerzen in meinem Unterleib wurden jetzt immer stärker. Ich versuchte mich abzulenken, indem ich mir vorstellte, wie mein Kind wohl aussehen würde. Ich wußte bereits, daß es ein Mädchen sein würde, aber ich fragte mich, ob sie mir oder meinem Mann ähneln würde. In diesem Augenblick hob sich das Bild meines mysteriösen Unbekannten mit immer stärker werdendem Glühen gegen das Dunkel ab.

»Ich habe dich so sehr vermißt«, sagte ich leise. »Warum hast du so lange nichts von dir hören lassen?«

»Ich bin heute nacht aus einem besonderen Grund hier«, sagte er. »Dies ist das Ende eines Lebenszyklus für dich. Von morgen an wirst du nicht mehr allein sein. Deine Tochter wird wie eine Sternschnuppe zur Erde kommen, allein durch das endlose All, um das hellste Licht an deinem Himmel zu werden. Deshalb wirst du sie ›Astar‹ nennen.«

Ich lauschte sprachlos und wie gebannt.

»Ich kenne die Zukunft, die Vergangenheit und die Gegenwart, genau wie du sie eines Tages kennen wirst. Seit Jahrhunderten habe ich dich in allen deinen Verkörperungen beobachtet – ich weiß, daß du nicht alles verstehst, was ich sage, doch kann ich dir im Augenblick nicht die Antworten geben, die du dir wünschst. Du würdest sie nicht verstehen. Später wirst du dich daran erinnern, wer ich bin, und damit die Schlüssel zum Universum erhalten. Du gehörst zu den Auserwählten, und dir werden Kräfte verliehen werden, von deren Existenz du noch keine Ahnung hast. Weisheit lacht über die Zeit, vergiß das nicht!«

Halluzinierte ich, oder war dieses Erlebnis echt?

»Bitte bleib während der Geburt bei mir. Ich brauche dich«, bat ich ihn leise.

»Ich kann dich nicht verlassen«, sagte er. »Ich bin ein Teil von dir.«

Bei diesen Worten wurden die Schmerzen beinahe unerträglich, und die Wehen kamen in immer kürzeren Abständen. Ich benachrichtigte den Hausarzt und rief ein Taxi. Als es eintraf, glaubte ich, mein Bauch würde jeden Moment explodieren. Im Krankenhaus angekommen, setzte man mich sofort in einen Rollstuhl, mit dem ich auf mein Zimmer gefahren wurde. Mein Körper schien jetzt nur noch aus pulsierendem Schmerz zu bestehen, und der Doktor riet mir, in kurzen scharfen Stößen zu atmen, während die Schwester mir eine Spritze gegen die Schmerzen gab. Der Gedanke an die Worte des mysteriösen Unbekannten ließ mich den Schmerz leichter ertragen. Alles hielt sich die Waage, dachte ich, je tiefer die Dunkelheit, desto heller das darauf folgende Licht; je intensiver der Schmerz, desto größer die Belohnung.

Die Wirkung der Spritze ließ bald wieder nach. Meine Eingeweide schienen in immer kürzeren Abständen zu zucken, bis ich eine Maske über meinem Gesicht spürte und wie durch einen langen Tunnel die Worte »Tief einatmen. Und pressen, pressen!« hörte, als würden sie von den Wänden zurückhallen. Mit meinem letzten Rest Energie preßte ich, und die Zuckungen in meinem Unterleib wurden zu einer schmerzhaften Lawine, mir wurde schwarz vor Augen, und mit meinem letzten Rest Energie schwanden auch die Schwärze und der Schmerz – ich hörte ein Baby schreien. Gott, dachte ich, was für ein unglaublich schönes Geräusch.

»Sie haben eine wunderhübsche Tochter«, verkündete der Arzt, und wenig später wurde sie mir in den Arm gelegt. Sie lächelte und war dabei erst ein paar Minuten alt.

Ihre Macht über mich schien vom ersten Augenblick immens zu sein. Ich hielt ihre kleine rosafarbene Hand, und mein Herz schlug schneller. Genau wie der mysteriöse Unbekannte es vorausgesagt hatte, erschien sie mir nicht wie ein Säugling, sondern eher wie eine Göttin.

Sie hatte keinerlei Ähnlichkeit mit irgend jemandem in meiner Familie, schon gar nicht mit meinem Ex-Mann, der norwegischer Abstammung war. Ihr feingeschnittenes, beinahe orientalisches Gesicht mit der weichen olivfarbenen Haut und den schönen, schmalgeschnittenen Augen ließ mich jetzt ebenfalls daran zweifeln, daß er der Vater sein könnte.

Ich versuchte sofort, meine Mutter zu erreichen, mußte jedoch erfahren, daß sich ihr Zustand weiter verschlechtert hatte und daß die Ärzte es ihr nicht gestatteten, zu telefonieren.

Als ich nach drei Tagen entlassen wurde, begab ich mich direkt zum Bett meiner Mutter. Ein einziger Blick auf ihr Gesicht verriet mir, daß sie den Kampf ums Überleben verlieren würde. Sie hustete stark und war so lethargisch, daß sie meinen Eintritt ins Zimmer gar nicht bemerkt hatte.

»Wir sind hier, Mutti«, sagte ich leise. »Mach die Augen auf und schau dir deine wunderschöne Enkelin an.«

Ich stand ein kleines Stück abseits vom Sauerstoffzelt meiner Mutter. Obwohl der Arzt mir versichert hatte, daß die Erkrankung meiner Mutter nicht ansteckend war, wollte ich kein Risiko eingehen. Mit einem langen Seufzer schlug sie die Augen auf. »Ich wünschte, ich könnte sie in den Arm nehmen«, sagte sie. »Sieh nur, wie sie mich anschaut. Ob sie wohl weiß, daß ich ihre Großmutter bin? Sie sieht aus wie eine seltene Perle, eine echte kleine Prinzessin!«

»Ihr Name ist Astar. Gefällt er dir?«

»Astar ... ein schimmernder Stern.«

»Genau, Mutti.« Mir kamen die Tränen.

»Astar. Ein Stern. Ich war ein star ...« Ihre Worte kamen jetzt nur noch stoßweise. Ich merkte, daß sie starb.

»Ich war auch einmal ein kleines Mädchen ...«, sagte sie.

»Bitte verlaß mich nicht, Mutter.« Ich legte Astar auf einen Sessel in der Ecke und trat zu meiner Mutter. Wieder wollte ich sie nach meinem Vater fragen. Ich sah sie an und dachte daran, wie sehr sie sich ihr ganzes Leben nach Glück gesehnt hatte und wie sie auf ihrer Suche eine Art von

Weisheit gewonnen hatte, die ich meiner Tochter gern weitergegeben hätte. In diesem Augenblick setzte der Herzmonitor aus. Ein schnarrendes, gnadenloses Geräusch dröhnte durch das Krankenzimmer. Meine Mutter war tot.

»Astar, wir haben sie verloren«, schluchzte ich und drückte mein Kind an mich. Ich nahm ihre kleine Hand und winkte meiner Mutter damit zu. »Bye, Oma«, weinte ich. »Bye, bye!«

Kapitel VIII

Ich küßte meine Mutter ein letztes Mal auf die Stirn und verließ das Krankenhaus. Obwohl ich gewußt hatte, daß sie sterben würde, hatte dieses Wissen meine innere Unruhe nicht gemildert. Auch jetzt fühlte ich die Anwesenheit des Todes in allem, was ich mit den Händen berührte und während der nächsten Stunden unternahm. Das Gewicht der Welt schien sich auf mir zu verdichten und drückte auf meinen Kopf, als wolle es mein Hirn zerreißen, in dem mittlerweile jede Windung ein unlösbares Problem zu präsentieren schien.

Es war, als habe der Lauf der Zeit an Fahrt gewonnen. In kürzester Zeit hatte ich meinen wiedergewonnen geglaubten Vater und meine geliebte Mutter verloren – gerade als ich meinte, sie zum ersten Mal in meinem Leben zu verstehen, gerade als ich selbst Mutter geworden war. Obwohl meine Mutter mich auf dem Sterbebett darum gebeten hatte, Frieden mit meinem Bruder zu schließen und ich mich an ihren Wunsch halten wollte, würde er mir keine Hilfe sein. Ich mußte ihn trotzdem wegen der Beerdigung kontaktieren. Er wußte noch nicht, daß unsere Mutter gestorben war. Nachdem ich ihre Sachen durchgesehen hatte, nahm ich all meinen Mut zusammen und rief ihn an. Wir hatten seit drei Jahren kein Wort miteinander gewechselt, und als ich seine böse und unlustige Stimme hörte, hätte ich fast wieder aufgelegt. Doch hatte ich beschlossen, es ihm dieses Mal nicht so einfach zu machen.

»Bill, hier spricht deine Schwester. Wie du sicher weißt, ist unsere Mutter schwerkrank gewesen. Ich verstehe nicht, weshalb du sie nicht ein einziges Mal besucht hast – jetzt ist es jedenfalls zu spät. Sie ist heute gestorben.«

»Tut mir leid«, sagte er. »Aber ich habe mich der alten Dame nie besonders verbunden gefühlt. Sonst noch was?«

»Gott! Du bist einfach kein Mensch! Mutter hat mich darum gebeten, mich mit dir zu vertragen, damit sie in Frieden sterben konnte. Das war ihr letzter Wunsch, und ich würde gern versuchen, ihn zu erfüllen. Wie steht es mit dir?«

»Um ehrlich zu sein, habe ich dir gegenüber noch nie besonders brüderliche Gefühle gehabt, und ihr Tod wird das auch nicht ändern. Hat sie in ihrem Testament etwas von ihrer Schallplattensammlung gesagt? Die würde ich gern haben.«

»Ist das alles, woran du denken kannst – materiellen Besitz?« schrie ich. »Meinetwegen kannst du haben, was du willst, nur nicht ihre persönlichen Papiere, die gehören mir. Ich würde die Frau, die uns beide aufgezogen hat, gern besser kennenlernen. Sag mal, weshalb haßt du uns eigentlich so sehr?«

»Ich war noch ein kleines Kind, als mein Vater uns verlassen hat«, sagte er. »Aber ich erinnere mich gut an ihn, und ich verabscheue euch dafür, daß ihr ihn vertrieben habt. Er war der einzige Mensch, der mir je etwas bedeutet hat, und ich brauche meine Gefühle vor niemandem zu rechtfertigen. Auch vor dir nicht.«

»Vielleicht interessiert es dich dann, daß ich deinen Vater gefunden habe und er dich mit keinem Wort erwähnt hat!«

»Wo ist er?« rief Billy. »Ich habe ewig nach ihm gesucht und ihn nicht finden können.«

»Wirst du mich wie deine Schwester behandeln, wenn ich es dir sage?«

»Mal sehen, was dabei herausspringt«, antwortete er kalt.

»Du bist wirklich unverbesserlich. Wenn du deinen Vater finden willst, dann kannst du anfangen, Geld zu sparen, und selbst einen Detektiv anheuern. Ich habe Jahre gebraucht, um ihn zu finden.«

»Ich bin wirklich nicht auf dich angewiesen. Ich habe andere Dinge zu tun, als mich mit dir zu streiten. Kommen wir also zur Sache. Hat die alte Dame irgend etwas von Wert hinterlassen? Geld für das Begräbnis vielleicht?«

»Sie hat nur ein paar Dollar hinterlassen, aber ihre Bestattung hat sie bereits im voraus bezahlt.« Ich nannte ihm den Namen des zuständigen Beerdigungsinstituts. »Sie wollte keinem von uns zur Last fallen.«

»Ich werde die notwendigen Vorbereitungen treffen und dich morgen wegen der Einzelheiten zurückrufen«, sagte er und hing ohne ein weiteres Wort auf.

Endlich brachen die Tränen, die ich die ganze Zeit über zurückgehalten hatte, aus mir hervor. Ich saß auf meinem Bett und heulte wegen meiner verlorenen Mutter, meines so unmenschlich bösartigen Bruders und über mein ganzes verfluchtes Leben.

Ich bedurfte dringend einer Luftveränderung, und wie immer setzte ich mich bei dieser Gelegenheit an den Strand und starrte auf die endlos hereinrollenden Wogen der See. Ich roch und spürte den feinen salzigen Schaum, der in kleinen Spritzern vom Wind landeinwärts geweht wurde, und wünschte, ich könnte in die Wellen eintauchen und in ihrem samtenen Türkis einfach verschwinden. Eine Möwe schoß herab und tauchte kurz ins Wasser, bevor sie weiter in das unendliche Blau des Himmels flog wie eine gefiederte Silhouette.

Das Wasser warf die Strahlen der Sonne zurück, die den Ozean mit goldenen Zungen zu belecken schienen. Ich saß starr am Strand und beobachtete, wie sich aus den Lichtstrahlen allmählich ein unglaublich schönes, männliches Gesicht formte und mich ansah. Sein Ausdruck erschien mir beinahe heilig, und ich wußte nicht, ob ich halluzinierte oder bei klarem Verstand war. Die Augen des Wesens waren smaragdgrün, eingefaßt mit dicken bronzefarbenen Wimpern. Seine Lippen schienen sanft und voll und teilten sich zu einem verträumten Lächeln. Die Nase war so fein geschwungen wie die eines griechisches Gottes, und sein Gesicht wurde von Strähnen goldfarbenen Haares gerahmt. Selbst mit einem Computer hätte ich kein perfekteres Abbild eines gottähnlichen Wesens erschaffen können. Ich blinzelte mit den Augen und versuchte, sie zu fokussieren. Um das Gesicht bildete sich ein violett leuchtender Kreis, der die Erscheinung nun wie einen Heiligenschein umgab.

Ich spürte, wie mich eine sanfte Macht in den warmen Sand drückte und mein Körper zu schmelzen schien. Das Gesicht wurde langsam zu einem vollständigen, männlichen Körper, der eine befremdliche Anziehungskraft auf mich ausübte und mittlerweile aussah wie Michelangelos David.

Schließlich hörte ich eine Stimme, die wie das Rauschen des Windes klang.

»Erkennst du mich wieder? Ich habe deine Wahrnehmungsfähigkeit ein wenig erweitert, damit du mich sehen kannst.«

Ich wußte nun, daß dies der mysteriöse Unbekannte war, auf dessen Erscheinen ich seit frühester Kindheit gewartet hatte.

»Ich habe dir immer gesagt, daß alles zu seiner Zeit passieren wird«, hörte ich die Stimme sagen. »Von heute an wird sich dein Leben verändern, und viele wunderbare Dinge werden passieren.

Ich bin gekommen, um deine Trauer über den Tod deiner Mutter mit dir zu teilen. Ich weiß, wie sehr du sie vermissen wirst. Vergiß jedoch nicht, daß lediglich ihre Hülle gestorben ist, ihre Seele lebt und wird ewig leben. Sie wird dich von nun an begleiten, so wie ich dich begleitet habe, auch wenn du ihre Anwesenheit nicht immer spürst und sie sich nicht so manifestieren kann wie ich. Leben und Tod sind Teil eines Lebenszirkels, der kein Ende kennt.

In der nächsten Zeit wirst du vielen Enthüllungen gegenüberstehen. Betrachte jede davon als Teil eines Puzzles, dessen Gesamtbild dich in die Mysterien des Lebens einweihen wird. In den nächsten Jahren wirst du Antworten auf alle Fragen deines Leben erhalten, und ich werde dabei im Zentrum deines Leben stehen, wie ich es immer getan habe.

Hör auf, dir Sorgen wegen Geld und belanglosen Problemen zu machen, die du jetzt vielleicht für schwerwiegend hältst. Du wirst sehr erfolgreich in der Geschäftswelt werden, in einem Bereich, von dem du im Augenblick noch nichts verstehst. Viele Leute werden dich wegen deiner Weitsicht um Rat bitten, und du wirst bekannt werden.

Du wirst sehen, daß zwischen dir und Astar ein ungewöhnliches und festes Band besteht und ihr oft durch Gedankenübertragung miteinander verbunden seid. Glaube an dich und an mich, und dir wird keine Tür mehr verschlossen sein. Deine Zeit ist gekommen.«

Ich wußte immer noch nicht, ob es sich um einen Tagtraum handelte oder nicht. Seine Worte klangen zwar beruhigend – aber seine Versprechungen erschienen mir zu fadenscheinig.

»Ich habe nicht einmal genug Geld, um meine Rechnungen zu bezahlen, geschweige denn einen Job, und du erzählst mir, daß ich berühmt werde. Ich bin mir immer noch nicht sicher, ob es dich gibt oder du nur ein Produkt meiner Einbildungskraft bist – jedenfalls steht fest, daß es mir jetzt besser geht als vorher«, fügte ich lachend hinzu.

Er schwieg und sah mich durchdringend an.

»Gibt es dich wirklich, irgendwo in Zeit und Raum?« fragte ich.

»Nicht nur gibt es mich – ohne mich gäbe es dich nicht. Deine negativen Gedanken entspringen deiner Vergangenheit und ihren vermeintlichen Problemen, nicht der Gegenwart. Denke immer daran, daß du bisher jedes Problem gemeistert und all deine Schwierigkeiten überwunden hast. Da du unermüdlich weiterkletterst, wirst du dich in den kommenden Jahren zu großen Höhen aufschwingen.

Deine Träume und Fantasien werden wahr werden, und du wirst über das kleine Mädchen in dir und seine Unsicherheiten nur noch lachen. In diesem Augenblick wird die Kette deiner Ängste unterbrochen, und du wirst deine dir angeborene Kraft, zu heilen und zu führen, erhalten und benutzen. Ich muß jetzt gehen, mein Kleines«, sagte er dann unvermittelt. »Gestatte den Schatten deiner Negativismus nicht länger, deine Gedanken zu verdunkeln. Du bist auf dem Weg zur Erleuchtung.«

Langsam hob ich meinen Kopf und blickte hinaus auf die See. Die letzten Lichtstrahlen brachen sich auf dem bewegten Wasser, und mit ihnen verschwand auch mein mysteriöser Unbekannter. Ich fühlte mich auf merkwürdige Weise ruhig und gesammelt, als ich ihm für seine Worte dankte. Sein Beistand hatte mich mit neuer Kraft und Entschlossenheit versorgt, und trotz der bevorstehenden Aufgaben und Unannehmlichkeiten war ich voller Hoffnung, als ich wenig später Astar in den Arm nahm und ihr versicherte, daß ihre Mutter alles daransetzen würde, ihr ein gutes Leben zu schaffen.

Am Tag darauf rief mein Bruder an und befahl mir, die Einzelheiten des bevorstehenden Begräbnisses niederzuschreiben. Dann legte er ohne ein weiteres Wort auf und überließ es mir, die Gäste zu verständigen.

Bei der folgenden Beerdigung konnte ich nicht das geringste Anzeichen von Trauer auf dem Gesicht meines Bruders erkennen. Seine Kälte war so allumfassend, daß ich fast Mitleid mit ihm bekam.

Ich selbst nahm in einem kleinen Raum Abschied von der Hülle meiner Mutter, deren hohle Wangen man mit Paraffin aufgespritzt hatte und die in ihrem Opernkostüm und dem theatralischen Make-up so friedlich und zufrieden wirkte wie ein unschuldiges Kind. Der Schmerz und die Schrecken ihrer tödlichen Krankheit waren aus ihrem Gesicht verschwunden. Ich dankte ihr dafür, daß sie ihr Leben geopfert hatte, um mich aufzuziehen. Ich beugte mich über sie und küßte sie ein letztes Mal auf die Stirn. Dann fuhr ich zu ihrem Haus, um den Haushalt aufzulösen.

Zu meiner großen Überraschung war mein Bruder bereits dort und damit beschäftigt, ihre Sachen zu durchwühlen wie eine Packratte. Es war eindeutig, daß er die Sachen unserer Mutter nach Wertgeständen durchsuchte. Einige Gemälde, vergriffene Bücher und die Sammlung klassischer Schallplatten hatte er bereits an sich genommen.

»Was treibst du da?« schrie ich ihn an.

»Ich gebe nur acht, daß alles in Ordnung kommt« erwiderte er. Seine materialistische Sichtweise des Todes unserer Mutter brachte mich an den Rand einer Hysterie, aber ich hatte mir fest geschworen, nicht wieder in Dunkelheit zu versinken. Also ließ ich ihn gewähren, bis er endlich schweigend mit einigen Kisten abzog. Glücklicherweise hatte er sich für die Aufzeichnungen meiner Mutter nicht interessiert, und so verbrachte ich den Abend damit, ihre Notizen und Gedichte zu lesen, ohne jedoch auf ein einziges Wort über meinen Vater oder mich zu stoßen. Ich heftete ihre Gedichte in einen Ordner und beschloß, sie mir an einem anderen Tag wieder anzuschauen. Morgen früh würde ich mich als erstes um einen Job kümmern müssen. Zu meinem alten Arbeitsplatz konnte ich nicht zurückkehren – ich mußte einen Job finden, der weitaus besser bezahlt war.

Ich heuerte einen Babysitter an und machte mich auf die Suche nach einer passenden Arbeitsstelle. Bei der Douglas Aircraft Company wurde ich als Vermittlerin zwischen einem Architekten und den Zulieferern angestellt. Als Astar ein Jahr alt war, wurde ich versetzt und fiel wenig später einem allgemeinen Sparprogramm zum Opfer. Ich fand mich wieder einmal auf der Straße und ohne Arbeit. Aus irgendeinem Grund hielt ich es bei keiner der folgenden Arbeitsstellen länger als ein paar Wochen aus. Die meisten, durchweg männlichen Arbeitgeber in kleinen Betrieben waren anzüglich bis zudringlich und ich daher so oft arbeitslos, daß ich begann, Minderwertigkeitskomplexe zu bekommen. Oftmals bestand mein einziger Halt in Astar, die mit jedem Tag schöner wurde und mit der mich ein immer stärker werdendes Gefühl verband. Ich wußte allerdings auch, daß ich anfangen mußte, ein bißchen Geld auf die Seite zu legen, damit ich Astar eine gute Ausbildung zukommen lassen konnte. Die sechshundert Dollar, die ich bisher am Monatsende mit nach Hause gebracht hatte, würden dafür nicht ausreichen.

Schließlich fand ich durch reinen Zufall eine Anstellung.

Der Pförtner eines großen Bürohauses, das mir beim Vorbeifahren mehrere Male wegen seiner imposanten und gleichzeitig ökologischen Bauweise aufgefallen war, verwechselte mich mit einem Vertreter und nannte mir, nachdem wir uns ein wenig angefreundet hatten, die beste offene Stelle in seiner Firma. Ich hatte Glück und wurde auf der Stelle als Sekretärin und Mädchen für alles angeheuert. Mein Gehalt belief sich auf achthundert Dollar plus Bonus, ich hatte Aufstiegschancen und mit einemmal sogar eine Krankenversicherung. Aber nach zwei Jahren, die wie im Flug vergingen, blickte ich eines Tages von meinem Schreibtisch auf und merkte, daß ich weder aufgestiegen noch ein großartiger Erfolg in der Geschäftswelt geworden war. Eine schwere Erkrankung meines Chefs sorgte dafür, daß er alle hochfliegenden Expansionspläne abblies und ich mich tiefer und tiefer in eine berufliche Sackgasse hinein zu bewegen schien. Die Erfüllung, die mein mysteriöser Unbekannter mir in meinem Beruf versprochen hatte, war jedenfalls nicht eingetreten. Statt dessen kam ich mir abwechselnd vor wie ein Roboter und ein einfältiger Spielball des Schicksals, der einer seltsamen Stimme Glauben schenkte, welche alle Jubeljahre auftauchte und dann nichts mehr von sich hören ließ. Ich bemerkte, wie ich mich häufiger bei meinem unsichtbaren Gefährten über den zähen Ablauf meines Lebens beschwerte – aber er antwortete nicht. Statt dessen stieß ich eines Morgens unter den Stellenanzeigen der L.A. Times auf das Inserat einer Firma mit dem klangvollen Namen Silva-Mind-Control. »Es gibt nichts im Leben, was Sie durch entsprechende Programmierung Ihrer Gedanken nicht erreichen könnten«, versprach die Überschrift. Und ob-wohl ich nicht genau wußte, was eine Programmierung der Gedanken sein könnte, wurde ich von dieser Aussage so angezogen, daß ich mich noch am selben Morgen zum Einführungskurs einfand.

Er dauerte genau drei Stunden. Der Kursleiter war mit Abstand der charismatischste und dynamischste Mensch, der mir je begegnet war; jemand, der keinerlei Mühe hatte, sein Publikum mit einer ausdrucks-vollen Äußerung nach der anderen zu überzeugen. Er behauptete, daß er »jedem der Anwesenden, der sein Programm absolvierte, eine Garantie darüber auszustellen bereit war, daß das Unmögliche möglich wurde und wir durch seine Ausbildung unser Leben genau so würden verändern können, wie wir es wünschten«.

Obwohl der Mann mich an einen Jahrmarktschreier erinnerte, hinterließen seine Worte einen tiefen Eindruck bei mir, und kurz darauf unterzeichnete ich meinen Teilnahmeschein und versprach mir selbst, daß das erste Resultat meiner Bemühungen dazu führen würde, den nicht eben niedrigen Betrag für die Kursteilnahme zu bezahlen.

Nach der Einführung blieb ich noch da und verwickelte den Kursleiter in ein philosophisches Gespräch.

»Meinen Sie, daß alles im Leben vorherbestimmt ist«, fragte ich ihn, »oder haben wir einen freien Willen, und alles, was uns zustößt, ist das Resultat unserer Aktionen und Reaktionen?«

»Ich bin der Ansicht, daß unser Weg vorherbestimmt ist«, erwiderte er, »aber wir verfügen ebenso über einen freien Willen, mit dessen Hilfe wir uns für einen bestimmten Weg entscheiden, auf dem wir unsere Unzulänglichkeiten überwinden. Ich bin in der Lage, Sie mit den notwendigen Werkzeugen auszustatten, um diese Lernerfahrung zu verkürzen und Ihre negativen Handlungen durch gedankliche Anstrengung in positive zu verwandeln. Gedanken sind nicht nur mentale Bilder. Sie sind lebendige Einheiten, die imstande sind, negative oder positive Bedingungen zu erschaffen.

Die heutige Wissenschaft«, fuhr er fort, »ist archaisch, da sie immer noch davon ausgeht, daß Dinge bewiesen werden müssen. Dies ist einer der Gründe, weshalb ich mich entschlossen habe, diesen Kurs abzuhalten. Meistens kann ich meinen Schülern Beweise für das Gesagte liefern, sofern sie sich diszipliniert an die Anweisungen halten. Das Resultat – verwirklichte Träume – reicht jedoch als Beweis meistens aus.

Die meisten Menschen leiden unter dem Trugschluß, daß die einzige Alternative zu Bewußtsein das Unterbewußtsein ist. Es existieren viele Formen und Stadien des Bewußtseins, und jede ist durch eine bestimmte Frequenz der Hirnwellen gekennzeichnet. Wenn wir schlafen, arbeitet das Gehirn zum Beispiel in Zyklen, die vier- bis sechsmal pro Minute auftreten – ein Zustand, der als Deltalevel bekannt ist. Morgen werde ich den Alphalevel, den Zustand schöpferischer Schwingung, vorstellen. Zu jedem Level werden Sie Informationen darüber erhalten, warum die jeweilige Frequenz was erzeugt.

Alles, was Sie brauchen, ist ein vorurteilsfreier Kopf. Realität und Illusion sind oftmals nur durch eine feine Linie voneinander getrennt. Die Antworten auf all Ihre Lebensfragen sind bereits in Ihrem Inneren vorhanden und werden durch die entsprechende Schwingung zu einer Erinnerungs-Gedanken-Einheit katalysiert, die Sie in Gestalt einer neuen Idee wahrnehmen. Ihr Verstand kann dabei zu Ihrem ärgsten Feind werden, denn er neigt dazu, den Fluß neuer Ideen zu unterbrechen. Damit will ich keinesfalls sagen, daß Sie ohne Verstand in der Lage wären, Ihr tägliches Leben zu führen. Doch die rationale Analyse und Bewertung all Ihrer Gedanken und Handlungen sorgt für eine immense Unruhe und Unzufriedenheit in Ihrem Leben.

Die meisten Menschen neigen dazu, ihr Leben in einem bestimmten Realitätswinkel zu verbringen, den sie ihr Leben lang nicht verlassen, weil sie sich dort sicher fühlen. Eigentlich sind sie Versager, die ihr Wissen und ihre Inspiration von jenen beziehen, die Risiken eingehen, ohne ständig darüber nachzudenken, wohin ihr nächster Schritt führt. Sie erfinden den Boden unter ihren Füßen – gewissermassen mit jedem Schritt.«

»Meine Emotionen machen mir oft einen Strich durch die Rechnung«, sagte ich. »Ich fühle mich wie eine Gefangene, die ihr eigenes Handeln nicht unter Kontrolle hat. Gibt es einen Weg, um mein Leben in die Hand zu bekommen?«

»Niemand hat immer Kontrolle«, antwortete er. »Aber Sie können lernen, sich die meiste Zeit in einem kontrollierten Zustand aufzuhalten. Negative Emotionen können Ihnen nur dann etwas anhaben, wenn Sie es ihnen gestatten. Ich muß immer lachen, wenn ich Sätze höre wie: ›Ich habe es leid, immer verletzt zu werden.‹ Niemand kann einem anderen weh tun, es sei denn, dieser gestattet es. Das Problem besteht darin, daß die meisten Menschen sich von ihren Emotionen nicht lösen können und sich so ständig selbst im Weg stehen. Dieser Kurs wird Ihnen das notwendige Werkzeug liefern, um jedes emotionale Erlebnis als Zeuge wahrnehmen zu können. Nur so wird es Ihnen gelingen, objektiv zu sein und zu lernen, ohne zu leiden.«

Ich erinnerte mich daran, daß der mysteriöse Unbekannte mir Ähnliches gesagt hatte, und für einen Augenblick hegte ich den Verdacht, daß mein Unbekannter diese Gedanken in den Mann vor mir implantiert hatte, damit sie mich zur richtigen Zeit erreichten.

»Sich auf Ihre Alphawellen zu programmieren, wird dazu führen, daß Sie Ihr kleines Ego hinter sich lassen und Verbindung mit dem universellen Verstand aufnehmen, der bekanntlich keine Grenzen kennt. Sie werden erstaunt sein, wozu Sie plötzlich in der Lage sein werden«, erwiderte er auf meine vorgebrachten Zweifel.

Der Kurs wurde zu einem Abenteuer, das mich an die tiefsten Quellen meines Verstandes führte und in dessen Verlauf ich lernte, einen beliebigen Gegenstand, wie z. B. eine Rose, so zu visualisieren, daß ich sie förmlich riechen konnte. Ich lernte, mein Bewußtsein auf die Erde, Mineralien und Elemente zu projizieren. Die Kursteilnehmer wurden dabei zu Materie durchdringenden Lichtstrahlen, welche wiederum zu dem wurden, was sie durchdrangen; wir benutzten all unsere Sinne, um das zu erfühlen, zu schmecken und zu riechen, mit dem wir verschmolzen.

Dies mag in in den Augen vieler Leser klingen wie ein infantiler und etwas lächerlicher Zeitvertreib. Ich hatte anfänglich die gleichen Vorbehalte, doch erwies sich jede der Übungen im nachhinein als Grundstein zur Änderung meiner Wahrnehmungsmuster, mit deren Hilfe sich mein ganzes Weltbild veränderte; ich öffnete mich für Dinge, deren Existenz ich anderen nicht beweisen konnte.

Am dritten Tag erkrankte Astar an einer Magengrippe. Da ich sie weder allein lassen noch meinen Kurs verpassen wollte, nahm ich sie kurzerhand mit und informierte den Kursleiter von ihrem Zustand. Er erklärte, daß Astar durch die Kraft der Alphawellen der Anwesenden geheilt werden könne.

Nachdem die Kursteilnehmer sich fünfzehn Minuten darauf konzentriert hatten, Astar als kerngesund zu visualisieren, fiel ihre Temperatur, und die Symptome verschwanden. Der Kursleiter erklärte uns, daß selbst Todkranke durch Alpha-Meditation geheilt werden könnten.

Unser Lehrer erklärte, daß wir durchaus in der Lage seien, unseren Körper allein durch die Kraft unseres Gehirns zu steuern. Er trat den Beweis dafür an, indem er vor unseren Augen zehn Kilo abnahm, während er sich ausschließlich von Sahnetorten und Kuchen ernährte. »Ich habe meinen Körper darauf programmiert, alle Nahrung als Abfall durchlaufen zu lassen und als Folge davon in fünf Tagen zehn Kilo abgenommen«, erklärte er. Und wenn ich nicht mit eigenen Augen gesehen hätte, wie er jeden Tag Unmengen von Backwaren in sich hineinstopfte, hätte ich es selbst nicht für möglich gehalten.

Etwa drei Wochen nach Abschluß des Programms ereignete sich etwas Seltsames. An einem verregneten Abend saß ich vor dem Kamin und war damit beschäftigt, unerfreuliche Schlagzeilen zu Papierbällchen zu zerknüllen und in das Feuer zu schnipsen, als eine innere Stimme mir dazu riet, die Seite siebzehn näher in Augenschein zu nehmen. Ich starrte auf das Papier, das ich gerade zerreißen wollte, und stellte fest, daß es sich dabei um die Seite siebzehn handelte. Ohne einen weiteren Gedanken daran zu verschwenden, knüllte ich sie zusammen und wollte sie gerade ins Feuer werfen, als von irgendwoher das Wort ›Stop‹ erklang und gleich darauf wie ein Neonzeichen in meinem Verstand aufleuchtete. Dann schien das Gesicht des Unbekannten für den Bruchteil einer Sekunde aufzutauchen und zu nicken, doch verschwand es so schnell wieder, wie es gekommen war.

Als ich aufsah, hörte ich nur das Trommeln des Regens auf dem Dach und das Quaken der Frösche im Teich. »Managerposition für internationale Headhunteragentur gesucht. Mindestens zwei Jahre Erfahrung in betriebswirtschaftlicher Tätigkeit. Unbegrenzte Ausbaumöglichkeiten in modernster Arbeitsatmosphäre«, stand in der Anzeige, und obwohl ich keine der geforderten Qualifikationen vorzuweisen hatte und gegen jeden logischen Einwand, den mein Verstand mir zu liefern imstande war, faßte ich den festen Entschluß, mich am nächsten Tag um die ausgeschriebene Stelle zu bewerben. Ich spürte, wie mein Körper bei dem Gedanken daran von einem ungewöhnlich starken und aufregenden Energiestrom durchfahren wurde.

Am nächsten Morgen stand ich um acht vor einem imposanten architektonischen Konglomerat geometrischer Figuren und bewunderte die zahllosen geschwungenen, von Blumenbeeten gesäumten Wege, die zum Eingang des Gebäudes führten. Ich nahm den Aufzug in den vierzehnten Stock und legte mir im Kopf eine Präsentation für meinen zukünftigen Arbeitgeber zurecht. Die Rezeption war teuer und geschmackvoll eingerichtet – ein weicher, roter Teppichboden und helle, moderne Sitzmöbel.

Ich nahm in der Lobby Platz und wartete, bis ein hochgewachsener, schlanker Mann mit dem unverwechselbaren Flair eines erfolgreichen

Geschäftsmannes seinen Kopf um die Ecke steckte und mich in sein Zimmer bat. Er war ungefähr fünfzig und verfügte über die Energie eines jungen Mannes, und auch sein schmales Gesicht hatte etwas ausgesprochen Jugendliches. Obwohl er nicht unbedingt gutaussehend war, wirkte er durch seine lebendigen braunen Augen und die hohe Stirn intelligent und interessant.

»Mein Name ist Wayne Rogers«, begrüßte er mich, »Ich bin der Besitzer der Executive-Search-Niederlassung in Kalifornien. Sie haben unsere Anzeige in der *Times* von gestern gelesen?«

»Genau«, sagte ich mit allem Selbstvertrauen, dessen ich fähig war, und schilderte ihm meinen beruflichen Werdegang. Dann übergab ich ihm meinen Lebenslauf und wartete auf seine Reaktion, während er einen flüchtigen Blick darauf warf.

»Es ist nicht zu übersehen«, sagte er, »daß Sie sich mit und innerhalb jeder Position verbessert haben. Ich habe in meiner Anzeige jedoch ausdrücklich darauf hingewiesen, daß ich einen Experten mit Berufserfahrung für diese Stellung benötige. Sie sind weder das eine, noch verfügen Sie über das andere.«

»Wenn Sie jemanden mit Erfahrung anstellen, so bedeutet das auch, daß er Dinge auf eine bestimmte Weise zu erledigen gewohnt ist oder sich auf eine bestimme Schiene eingefahren hat...« Ich war fest entschlossen, mich unter keinen Umständen abwimmeln zu lassen.

»Das ist wohl richtig. Aber ich weiß selbst nicht viel über die Anforderungen der ausgeschriebenen Stelle, und gemeinsam würden wir beide im Blindflug einen Haufen Geld in den Sand setzen.«

»Erklären Sie mir bitte, worum genau es bei Ihrem Unternehmen geht«, bat ich ihn. Langsam sah ich meine Felle davonschwimmen. »Dann kann ich Ihnen genau sagen, wie und warum ich Ihnen von Nutzen sein kann.«

Zu meiner völligen Überraschung tat er genau das, was ich von ihm verlangt hatte. »Unsere Firma wird von Top-Managern damit beauftragt, ihnen geeignetes Personal für Führungspositionen zu vermitteln. Für diese Leistung berechnen wir einen Prozentsatz dessen, was diese Leute im ersten Jahr verdienen. Die meisten der in Frage kommenden Kandidaten haben anfänglich keinerlei Intention, ihre Stellung zu wechseln. Unsere

Aufgabe besteht zum einen darin, die geeigneten Kandidaten zu finden und sie zweitens davon zu überzeugen, daß sie ein Vorstellungsgespräch führen und die ihnen angebotene Stellung annehmen sollten. Um in diesem Geschäft erfolgreich zu sein, müssen Sie gleichzeitig über die Qualitäten eines Detektivs, eines Psychologen und eines sehr guten Verkäufers verfügen.«

Ich versicherte ihm, daß dem so sei, und er lachte. Dann sah er mich nachdenklich an. »Ihre positive Art, an die Dinge heranzugehen, beeindruckt mich. Aber ich brauche wirklich jemanden mit Erfahrung auf diesem Gebiet. Wie ist es um Ihre finanzielle Situation bestellt?«

Ich schluckte schwer. Was für eine Frage war das? Ich war gekommen, um Geld zu verdienen, nicht um es auszugeben.

»Ich zahle meine Rechnungen immer pünktlich. Ich bin geschieden und habe eine kleine Tochter, deshalb suche ich Arbeit. Weshalb fragen Sie?«

»Die Stelle wird auf Provisionsbasis bezahlt. Wenn Sie über keinen finanziellen Rückhalt verfügen, kann es für Sie sehr schwierig werden. Der Job verlangt ohnehin eine hohe Belastbarkeit, und die meisten halten es nicht länger als drei Monate aus. Es tut mir leid, aber ich kann Ihnen die Stelle leider nicht geben.«

Er schüttelte mir die Hand und entfernte sich, ohne sich noch einmal nach mir umzuschauen.

Ich war enttäuscht, aber auch eisern entschlossen, meinen Pessimismus nicht die Oberhand gewinnen zu lassen und den Job zu bekommen. Ich hatte mir immer gewünscht, nur nach meiner Leistung bezahlt zu werden, und egal was dieser Mann sagen mochte, ich würde für ihn arbeiten. Am Nachmittag kündigte ich bei meiner alten Arbeitsstelle und schickte ein Telegramm an Executive Search: »Sie haben auf einen Gewinner gesetzt. Feiern Sie mit uns, während Sie Ihren Gewinn einzahlen.«

Den Inhalt des Telegramms hatte ich absichtlich unklar gehalten, und am nächsten Morgen tauchte ich in meinem neuen Büro auf.

»Guten Morgen, Mr. Rogers. Ich bin bereit, mit der Arbeit zu beginnen.«

Verblüfft starrte er mich an. »Ich habe Ihnen doch bereits gesagt, daß ich Sie nicht anstellen werde!«

»Das habe ich gehört«, erwiderte ich. »Allerdings haben Sie die falsche Entscheidung getroffen. Ich werde hier arbeiten, und Sie werden den Sternen dafür danken, daß Sie mir diese Chance gegeben haben.«

»Sie sind wirklich nicht kleinzukriegen«, stöhnte er lächelnd. »Aber ich fürchte, ich werde bei meiner ursprünglichen Entscheidung bleiben. Hat mich gefreut, Sie kennenzulernen. Viel Glück.«

»Ich habe nicht die Absicht zu gehen.«

Er sah mich an, als hätte ich soeben den Verstand verloren. Zielstrebig durchquerte ich den Raum, setzte mich an einen der freien Schreibtische.

»Darf ich Sie fragen, was Sie vorhaben?«

»Ich werde die ersten Telefonate führen.«

»Unser Supervisor wird erst in zwei Wochen hier eintreffen, und ich habe Ihnen bereits gesagt, daß ich von dem genauen Ablauf dieser Tätigkeit keine Ahnung habe. Ich kann Ihnen also auch nicht sagen, wie Sie bei dieser Arbeit vorzugehen haben.«

»Ich brauche nur eine Firma zu finden, die bereit ist, mir einen Auftrag zu erteilen. Deshalb werde ich so lange herumtelefonieren, bis ich eine gefunden habe!«

»Sie sind wirklich ein wenig zuviel des Guten«, sagte er und zuckte ratlos mit den Schultern.

»Nicht zuviel, sondern gerade genug des Guten«, gab ich zurück. Er lachte laut und willigte endlich ein, es mich wenigstens versuchen zu lassen.

»Ich gebe Ihnen zwei Wochen«, sagte er. »Wenn es Ihnen in dieser Zeit gelingt, einen Klienten zu finden, der Ihnen einen offziellen Auftrag erteilt, gebe ich zu, daß ich mich geirrt habe, und werde Sie einstellen. Wenn nicht, erwarte ich, daß Sie ohne ein weiteres Wort gehen werden.«

Wie eine Besessene machte ich mich an die Arbeit.

Nur die wenigsten der Firmen, deren Nummern ich aus den Telefonlisten meines Arbeitgebers anwählte, waren überhaupt willens, sich mit mir zu unterhalten. Doch ich lernte schnell, und am Ende des Tages war ich mir ziemlich sicher, bald einen Job landen zu können.

Am Abend meines ersten Arbeitstages ging ich mit einer Freundin aus, um den neuen Arbeitsplatz zu feiern. Während wir in einem Restaurant zu Abend aßen, gesellte sich ein Bekannter meiner Freundin zu uns, der sich im Verlauf des Gespräches als Westküsten-Manager für die Firma Yardley Cosmetics entpuppte. Ich konnte mein Glück kaum fassen und erkundigte mich, ob er eine Stelle zu besetzen hatte. Obwohl im Managementbereich alles besetzt war, suchte er zwei Männer zur Produktplazierung an der Westküste. Ich fragte ihn nach den benötigten Qualifikationen, nannte ihm unsere Konditionen und vereinbarte für die folgende Woche einen Termin für mögliche Bewerbungsgespräche – ich hatte meinen ersten Kunden! Obwohl ich am liebsten laut losgejubelt hätte, fuhren wir mit unserem Abendessen fort, als sei nichts geschehen.

Am nächsten Morgen setzte ich mich mit den Kaufhäusern in Los Angeles in Verbindung und erkundigte mich, wen sie dort für die drei besten Vertreter der Branche hielten. Ich bekam nicht nur die Namen heraus, sondern sogar die Privatnummern der besten Männer und rief sie noch am gleichen Abend mit meinem Angebot an. Alle drei zeigten sich interessiert und willigten ein, im Lauf der nächsten Woche zu einem Vorstellungsgespräch mit meinem Klienten zu erscheinen. Ich achtete darauf, daß die Vertreter sich nicht begegneten, damit ihnen keine Unannehmlichkeiten entstanden, und stellte fest, daß sie alle an einem besseren Job interessiert waren.

Ich brachte den Manager der Kosmetikfirma in Kontakt mit den Bewerbern, und nach zwei Stunden hatte ich eine Provision von sechstausend Dollar für meinen neuen Chef. Dreißig Prozent davon waren mein Anteil. Ich war auf eine Goldmine gestoßen, die sich weiter und weiter zu verzweigen schien, denn als ich die ehemaligen Arbeitgeber der von mir abgeworbenen Vertreter anrief und sie fragte, ob sie freie Stellen zu besetzen hätten, bekam ich zwei weitere Aufträge.

Ungefähr alle vierzehn Tage landete ich einen Job. Innerhalb von vier Monaten war ich zur zweitbesten Headhunterin meiner Agentur aufgestiegen, und am Ende des ersten Jahres hatte sich mein Einkommen verdoppelt.

Ich hatte eine liebenswerte und intelligente Tochter, die mittlerweile Tanz- und Gitarrenstunden nahm, und mein Leben schien endlich zu dem zu werden, was ich mir immer davon versprochen hatte. Alles, was mir noch fehlte, war ein Mann, der mich liebte.

Kapitel IX

Wie so oft war ich noch vor Morgengrauen aufgestanden und an meinem Arbeitsplatz eingetroffen. In der Nacht hatte ich einen seltsamen Traum gehabt, in dem Präsident Sadat ermordet wurde, was mir vor allem deshalb besonders stark im Gedächtnis geblieben war, weil ich kein großes Interesse an Politik hatte und lediglich wußte, daß Saddat ägyptischer Staatspräsident war.

Mein erster Anruf an jenem Morgen galt einem unserer wichtigsten Klienten in New York, der völlig unerwartet mitten in unserer Unterhaltung das Thema wechselte und mir mitteilte, daß er auf der Suche nach einem anderen Arbeitsplatz sei. Ich war darüber erstaunt, aber noch erstaunter war ich über meine eigene Bemerkung.

»Ich kenne einige Leute, die Sie mit Kußhand nehmen würden, aber Sie werden niemals wieder für jemand anderen arbeiten«, sagte ich. »Im Lauf der nächsten Woche wird Ihnen jemand, den Sie jetzt noch nicht kennen, anbieten, Sie in Ihrem Export-Import-Geschäft finanziell zu unterstützen. Es wird nicht nur ein lukratives Unterfangen werden, sondern ist auch genau die Herausforderung, auf die Sie die ganze Zeit gewartet haben.«

Es verschlug mir den Atem – weshalb um alles in der Welt hatte ich das gesagt? Noch bevor er etwas darauf erwidern konnte, bat ich ihn darum, auf meinen Rückruf zu warten, und legte auf. Ich starrte aus dem Fenster und fragte mich, was mit mir los war. Woher wußte ich, daß er sich selbständig machen würde? Er mußte mich für verrückt halten. Ich wählte seine Nummer, und er nahm sofort ab.

»Ich weiß wirklich nicht, was in mich gefahren ist«, entschuldigte ich mich. »Sie müssen mich für wahnsinnig halten, aber ich habe während des Redens nicht nachgedacht, sondern alles zur gleichen Zeit gehört wie Sie. So etwas ist mir noch nie passiert. Irgendwoher meinte ich zu wissen, was geschehen wird. Heute nacht habe ich geträumt, daß Sadat morgen ermordet werden wird. Ich glaube, ich werde langsam ein wenig seltsam im Kopf.« Ich lachte verlegen.

Er schien die ganze Angelegenheit auf die leichte Schulter zu nehmen. »Was Sie mir über mich gesagt haben, entspricht exakt meinen eigenen Wünschen«, sagte er. »Sollten Sie recht behalten, werde ich Sie bei Ihrem nächsten New-York-Aufenthalt bewirten lassen wie ein Staatsoberhaupt.«

Ich bedankte mich für sein Verständnis und entschuldigte mich noch einmal.

»Schon vergessen«, sagte er charmant. »Sie sind die Beste im ganzen Geschäft.« Wir lachten beide und legten auf. Irgend etwas schien sich durch mich auszudrücken, aber wie und was es war, das war mir schleierhaft.

Am nächsten Morgen wurde ich während einer Konferenzschaltung unterbrochen. Jemand mit einer dringlichen Mitteilung bestand darauf, mich zu sprechen. Ich entschuldigte mich bei meinem Klienten mit einer schlechten Telefonverbindung, versprach zurückzurufen und nahm den Anruf an. Am anderen Ende war mein Kunde aus New York.

»Soeben ist Präsident Sadat erschossen worden«, sagte er. »Woher haben Sie das gewußt?«

»Ich weiß es nicht«, sagte ich betroffen. »Ich bin genauso erschrocken wie Sie. Vielleicht noch mehr.«

»Sie müssen über Kräfte verfügen, deren Quelle Ihnen selbst nicht bekannt ist«, sagte er, womit er den Nagel so ziemlich auf den Kopf getroffen hatte. »Falls Sie mit Ihrer Prognose recht behalten, möchte ich Sie als meine Beraterin einstellen.«

»Ich fühle mich sehr geschmeichelt«, sagte ich, »und es wäre mir eine Ehre, für Sie tätig zu sein, aber ich schätze, daß meine Voraussage nur ein unerklärlicher Einzelfall war. Vermutlich handelte es sich um einen Traum und ein einmaliges Erlebnis.«

»Das glaube ich nicht«, sagte er zum Abschied. »Sie werden in der nächsten Zeit noch von mir hören.«

Eine Woche später informierte er mich darüber, daß er tatsächlich jemanden gefunden hatte, der bereit war, in sein neues Unternehmen zu investieren. Er hörte nicht auf, von meinen Kräften und Fähigkeiten zu sprechen, und mir wurde dabei zunehmend unbehaglicher. Mir blieb nichts übrig, als ihm zu seinem Erfolg zu gratulieren und mich wieder in meine Arbeit zu stürzen.

In den folgenden Tagen begann ich damit, mich selbst bei meiner Arbeit zu beobachten. Dabei stellte ich fest, daß ich mit meinen Klienten nicht nur über Geschäftliches sprach, sondern ihnen vermehrt Ratschläge für ihr Privatleben erteilte. Obwohl ich vorher nie wußte, was ich als nächstes sagen würde und mir nie etwas zurechtgelegt hatte, schien ich meine Klienten in jedem Fall zu erreichen. Mehr und mehr standen die Personen am anderen Ende der Leitung im Vordergrund, und manchmal erklärte ich ihnen geradeheraus, daß die von ihnen gewünschte und angestrebte berufliche Veränderung ihnen nicht unbedingt zum Vorteil gereichen würde.

Als Folge davon wuchs mein Ruf in der Branche, und ich machte mir nicht nur als professionelle Headhunterin, sondern auch als persönliche Beraterin einen Namen. Mir war immer noch schleierhaft, woher ich mein Wissen bezog und wieso ich imstande war, in die Zukunft zu sehen, aber ich setzte mein neuentdecktes Talent nach bestem Gewissen zum Wohl meiner Klienten ein.

Leider war ich nicht in der Lage, in eigenen Belangen die gleiche Weitsicht an den Tag zu legen, und so teilte mein Chef mir eines Tages verlegen mit, daß er nicht nur vorhabe, sich aus dem Geschäft zurückzuziehen, sondern das Unternehmen bereits verkauft hatte; die neuen Besitzer würden den Betrieb in zwei Wochen übernehmen. Obwohl er mir versicherte, daß die neuen Inhaber meine Provision erhöhen wollten, bekam ich fast einen Tobsuchtsanfall und warf ihm vor, nicht nur sein Geschäft, sondern auch mich verkauft zu haben. Ich stand kurz davor, ihm in sein verlegen grinsendes Gesicht zu schlagen.

»Jetzt regen Sie sich doch nicht so auf«, versuchte er mich zu beschwichtigen. »Es wird sich alles zum Guten wenden. Sie werden mit den neuen Eigentümern bestens zurechtkommen, besonders mit Mr. Hickman, dem Finanzier.«

Etwa eine Stunde später erschien der Manager der Bank, der das Gebäude gehörte und der sicherstellen wollte, daß ich den neuen Besitzern die gleichen Dienste erweisen würde wie meinem alten Arbeitgeber. »Wir haben Mr. Hickman das Geld aufgrund Ihrer Leistungen geliehen. Er kann sich glücklich schätzen, jemanden wie Sie als Angestellte zu haben.«

»Ach wirklich?« sagte ich. »Ihr kleines Anhängsel hat leider gerade gekündigt, und Ihr Kunde wird böse auf die Nase fallen, denn meine Klienten werden nur mit mir arbeiten. Die Leistungen der anderen Anwesenden in diesem Betrieb reichen gerade aus, um die Kaffeekosten zu decken.«

Das war vielleicht etwas übertrieben, traf aber den Kern meiner Gefühle. Als ich die Promenade zum Parkplatz hinunterlief, freute ich mich innerlich, so ehrlich gewesen zu sein – ein wenig später fragte ich mich, ob ich nicht nur ehrlich, sondern auch ziemlich dämlich gewesen war. Ich hatte vergessen, die Telefonkartei mit aus dem Büro zu nehmen.

In der gleichen Nacht noch setzte ich mich daheim an meinen Schreibtisch und schrieb, ohne ein Telefonbuch oder die Auskunft zu Hilfe nehmen zu müssen, jede der Kundennummern aus dem Gedächtnis nieder. Ich erinnerte mich an Adressen, Titel und sogar die Resümees meiner Kunden. Wieder war mir absolut rätselhaft, wie diese Daten so vollständig in mein Bewußtsein kamen. Es schien, als habe ich mit einemmal ein fotografisches Gedächtnis erhalten. Hatte mein mysteriöser Unbekannter dies gemeint, als er von meiner Vision gesprochen hatte?

Am nächsten Morgen kontaktierte ich jeden meiner Kunden und versicherte mich ihrer Mitarbeit, für den Fall, daß ich mich selbständig machen sollte. Am Nachmittag hatte ich einhundert Prozent Zusagen. Alles, was ich jetzt noch brauchte, war ein Startkapital. Die paar tausend Dollar, die ich für Astar und mich gespart hatte, würden nicht ausreichen, um ein Büro anzumieten und eine Telefonanlage zu installieren.

Nach einem mehrere Tage dauernden und äußerst peinvollen Hin und Her mit einem unwilligen Bankbeamten, der nicht in der Lage schien, mir einen Kredit über zwanzigtausend Dollar einzuräumen, listete ich meine potentiellen Kunden inklusive ihrer Telefonummern auf und ging eines Morgens direkt an dem unwilligen Beamten vorbei zum Manager der Zentrale, nannte ihm die Höhe des von mir benötigten Betrages und überreichte ihm anschließend die Liste.

»Dies sind einige meiner Hauptkunden«, sagte ich. »Wie Sie sehen, habe ich die Privatnummern der Geschäftsführer der betreffenden Unternehmen aufgeführt. Sie gehören zu den größten im ganzen Land. Fragen Sie sie, in welchem Umfang sie bereit sind, im kommenden Jahr Geschäfte mit mir abzuschließen, falls ich mich selbständig machen sollte. Ich benötige einen auf drei Jahre angelegten Kredit, den ich allerdings weit früher zurückzuzahlen gedenke. Ihr Angestellter dort drüben läßt leider jede Weitsicht vermissen.«

Ich fühlte mich, als sei der Mann mir gegenüber ein Stück Metall und ich ein Magnet. »Ich bedanke mich im voraus für das in mich gesetzte Vertrauen und werde morgen wieder hier sein, um meinen Scheck in Empfang zu nehmen.«

Ich bot ihm zum Abschied meine Hand und wartete nicht ab, was er zu sagen hatte. Verblüfft schüttelte er meine Hand und nickte.

Als ich am nächsten Tag wiederkam, begrüßte er mich mit einem Scheck über zwanzigtausend Dollar.

»Was hat den Ausschlag gegeben?« fragte ich ihn lachend. »Haben Sie einen meiner zukünftigen Kunden kontaktiert?«

»Das war nicht notwendig«, erwiderte er. »Ich traue jedem, der Ihren Mut und Ihr Selbstvertrauen an den Tag legt, und ich setze einfach gern auf Gewinner.«

Ich bedankte mich bei ihm noch einmal für das in mich gesetzte Vertrauen und verließ die Filiale wie im Rausch. Ich stand kurz davor, meine Träume realisieren zu können, und mein ganzer Körper schien vor Energie zu vibrieren. Ich hatte bewiesen, daß Selbstvertrauen ansteckend sein konnte.

Ich brauchte eine ganze Woche, um einen geeigneten Standort für mein neues Büro zu finden, und entschied mich für den fünfzehnten Stock eines großen Bürogebäudes. Ich stellte eine Sekretärin ein, die sich als ausgesprochener Glücksfall herausstellte und eine Mischung aus Marylin Monroe, dem Gedächtnis eines Elefanten und einem rasiermesserscharfen Verstand war.

Am fünften Tag nach der Eröffnung meiner Agentur liefen die Telefone auf Hochtouren. Die Neuigkeit, daß ich wieder im Geschäft war, hatte sich wie ein Lauffeuer verbreitet. Ich arbeitete fünfzehn Stunden am Tag und hatte kaum Zeit für Astar, die mittlerweile ein Teenager geworden war – ich hatte noch nicht einmal Zeit, richtig zu essen.

Doch am sechsten Tag nach der Eröffnung kam mir um drei Uhr morgens auf dem Heimweg auf meiner Fahrbahn ein Wagen frontal entgegen. Ich hatte nicht einmal die Chance, ihm auszuweichen.

Als ich nach zehn Stunden wieder aus meiner Bewußtlosigkeit aufwachte, hingen meine Beine in der Luft, und ich lag auf dem Rücken wie ein großer Käfer in einem Krankenhausbett. Zwei meiner Rückenwirbel waren angebrochen, und der Arzt erklärte, daß ich einen dauerhaften Nervenschaden davontragen würde. Eine Operation war noch ausgeschlossen, da die Gefahr bestand, daß ich von der Hüfte abwärts gelähmt bleiben könnte. Der Arzt verordnete mir mehrere Wochen strengster Bettruhe.

»In einigen Tagen werden wir Sie auf eine Bahre schnallen und nach Haus bringen lassen, und in drei bis vier Monaten können Sie mit der Krankengymnastik beginnen, um Ihre erschlafften Muskeln wieder zu trainieren. Sie werden sich daran gewöhnen müssen, Schmerzen zu haben und diesen Schmerz als einen Teil Ihrer selbst zu akzeptieren. Versuchen Sie, sich auf andere Dinge zu konzentrieren. Sie können sich glücklich schätzen«, schloß er seinen Vortrag. »Wenn Ihre Wirbel vollständig gebrochen wären, würden Sie aller Wahrscheinlichkeit nach nie wieder laufen können.«

Offenbar hatte er beschlossen, mir von Anfang an reinen Wein einzuschenken, und ich dankte ihm dafür. Trotzdem war ich bitter enttäuscht.

»Ich habe mich gerade selbständig gemacht und muß einen Bankkredit zurückzahlen. Wenn ich nicht arbeiten kann, werde ich alles verlieren, was ich habe.«

»Vergessen Sie's«, sagte er. »Ihre Tochter ist hier und möchte Sie sehen. Danach sollten Sie sich ausruhen. Machen Sie sich nicht allzu viele Sorgen, es wird schon alles werden.«

Astar kam an mein Bett und beugte sich über mich. Ihre weichen Lippen auf meiner Wange und ihre echte Freude darüber, sich jetzt endlich einmal um mich kümmern zu können, rührten mich, und für einen Augenblick spürte ich, wie meine alte Kraft zurückkehrte, bevor ich in einen tiefen Schlaf fiel, aus dem ich erst vierundzwanzig Stunden später wieder erwachte.

Als ich die Augen aufschlug, fühlte ich mich wie ein Bleiklumpen, aber mein Geist schien ungebrochen. Mit Hilfe meiner Tochter und meiner Sekretärin ließ ich umgehend drei Telefonleitungen in meinem Haus installieren und alle Anrufe dorthin umleiten.

Die Sekretärin richtete ein Notbüro in meinem Wohnzimmer ein, und eine Woche nach meiner Ankunft zu Hause war die Agentur einsatzbereit.

Meine Kunden behandelten mich wie eine Königin, und das Haus glich einem Blumenladen.

Erstaunlicherweise erzielte ich durch meine Arbeit daheim die gleichen Resultate wie vor meinem Unfall – allerdings mit weit weniger Aufwand.

Fünf Monate nach dem Unfall durfte ich zum ersten Mal wieder aufstehen.

Meine Beine sahen aus wie Geigenbögen, und die Muskeln daran hatten sich fast vollständig zurückgebildet. Während ich allmählich wieder laufen lernte, blickte ich zurück auf den Marathon, den ich in den letzten Monaten absolviert hatte. Ich hatte ein neues Geschäft auf die Füße gestellt – eigenhändig und ohne Beine. Der Großteil der amerikanischen Kosmetikindustrie wurde mittlerweile von mir bedient, und das kleine Mädchen, von dem jeder gedacht hatte, es würde niemals Erfolg haben, bekam seinen ersten Eintrag im ›Who is Who?‹ der amerikanischen Frau. Ich hatte einen weiteren Berg erklommen.

Vor mir lag ein neues Leben, in dem ich endlich selbst bestimmen konnte, was mit mir geschah.

Kapitel X

Es war mitten in der Nacht, als das Telefon mich aus tiefem Schlaf schrillte. In meinem Schlafzimmer war es so dunkel wie in einer Höhle, und die Leuchtanzeige des Weckers auf meinem Nachttisch zeigte 3.15 Uhr.

Ich hatte nicht die geringste Ahnung, wer mich um diese Zeit sprechen wollte, und verfluchte leise die Erfindung des Telefons, das mich rund um die Uhr zu seinem Sklaven gemacht hatte. Ich klang wie ein Frosch mit Bronchitis, als ich abnahm und ›Hallo‹ krächzte. Am anderen Ende war Richard, ein Freund meines Ex-Ehemannes, von dem ich seit Jahren nichts mehr gehört hatte.

»Hast du den Verstand verloren, mich um diese Uhrzeit aus dem Bett zu klingeln?« fragte ich. »Was ist denn so wichtig?«

»Ich möchte es dir nicht am Telefon sagen. Kann ich vorbeikommen?«

»Kann das nicht bis morgen warten?«

»Es ist wichtig. Du wirst schon verstehen warum. Laß die Haustür offen und leg dich wieder ins Bett.«

Als er eintraf, war sein Gesicht so bleich wie frisch getrockneter Beton, und seine Augen sahen aus wie zwei leere Pappbecher, die sich jetzt allmählich mit Müdigkeit füllten. Er umarmte mich.

»Du siehst grauenhaft aus«, sagte ich. »Was ist passiert?«

Eine Weile saß er schweigend dort, während ich an einem Gebäckstück knabberte.

»Bob ist heute nacht gestorben. Es tut mir wirklich leid.«

Ich weiß selbst nicht, weshalb ich solch einen Schreck bekam, aber ich schlug mir die Hand vor den Mund. In diesem Augenblick betrat Astar das Wohnzimmer.

»Was ist hier los? Was macht ihr hier mitten in der Nacht?« fragte sie.

»Daddy Bob ist gestorben.«

»Tut mir leid für dich«, sagte sie. »Aber mein Vater war er nicht.« Mit diesen Worten verließ sie den Raum.

Es stellte sich heraus, daß Bob die Trennung von mir und die Enttäuschung meiner sexuellen Verweigerung ihm gegenüber nie ganz verwunden hatte. Richard hatte ihn sporadisch über mich und Astar auf dem laufenden gehalten. Mein zunehmender Erfolg hatte ihn ebenfalls nicht zufriedener gestimmt; er hatte sich zu Tode getrunken.

»Am Ende war er so lethargisch, daß ich ein paarmal dachte, er wäre in ein Koma gefallen. Er hat weder gesprochen noch gegessen und sich nur bewegt, um die Flasche an den Mund zu führen. Ungefähr vor einem Monat habe ich einen Doktor ins Haus bestellt, der eine Leberzirrhose bei ihm diagnostizierte und ihn warnte, daß er das Trinken aufgeben müsse, wenn er nicht sterben wollte. Bob hat ihn nur verächtlich angeschaut und einen tiefen Schluck aus der Flasche neben seinem Bett genommen.«

Ich wußte nicht, was ich darauf erwidern sollte. »Ich schwöre, daß ich kein Verhältnis mit einem anderen Mann hatte«, sagte ich schließlich. »Bin ich trotzdem verantwortlich für seine Depressionen und dafür, daß er sich selbst zerstört hat?«

»Nein«, sagte Richard. »Bob war ein Schwächling. Er allein ist für sein Leben und seinen Tod verantwortlich. Wir haben alle einen freien Willen, und Bob wollte der Realität unter keinen Umständen ins Auge sehen. Statt dessen hat er sich zu Tode gesoffen. Was mich angeht, so glaube ich dir. Obwohl ich mir nicht erklären kann, wie du schwanger geworden bist.«

Richard überreichte mir einen zerknüllten Zettel, den ich mit zitternden Fingern entfaltete. Dies war scheinbar alles, was von meinem ehemaligen Ehemann und Liebhaber, dem Mann, von dem ich so viel gelernt hatte, übrig geblieben war. Ich dachte an meinen ersten Hummer und unsere Ausflüge in den Schnee und in die Wüste. Er hatte mir das Tanzen und das Kochen beigebracht, mich das Angeln und Schwimmen gelehrt. Er hatte mir Selbstvertrauen gegeben. Ich bemerkte, daß es sich bei dem Zettel um das abgelöste Etikett einer Cutty Sark Scotch-Flasche handelte. Mit zittriger Hand hatte er die Worte »Ich werde Dich immer lieben« daraufgeschrieben.

Als Richard gegangen war, sahen Astar und ich uns an. »Selbst im Tod kann ich mir diesen Mann nicht als deinen Ehemann und als meinen Vater vorstellen. Er wird immer ein Fremder für mich bleiben. Ich glaube, daß ich ihn niemals kennenlernen sollte. Ich kann mir vorstellen, wie du dich fühlst, aber ich kann nicht das kleinste bißchen Trauer über den Tod dieses Mannes empfinden«, sagte Astar. Sie schien sich ihrer Worte sehr sicher zu sein und sprach wie eine Erwachsene.

»Du bist ganz schön weise für dein Alter«, sagte ich. »Manchmal verblüffst du mich.«

Die Trauer über Bobs Tod gehörte bald der Vergangenheit an. Ich war zu beschäftigt damit, mir eine Zukunft zu schaffen. Abgesehen von meiner Tochter gehörte mein ganzes Interesse meiner Agentur, und die Früchte meiner Arbeit ließen nicht lange auf sich warten. Bald war es mir möglich, eine Anzahlung auf ein wunderschönes Haus zu machen, ein wahres Meisterwerk aus Holz und Glas auf einer Klippe in Corona Del Mar, mit Panoramablick auf den Ozean, einem üppigen Orangengarten und einem Rasen, so dicht und saftig wie Irisches Moos: kurzum, ein Paradies.

Drei Tage vor Astars dreizehntem Geburtstag zogen wir ein. Ich hatte beschlossen, eine Party für meine Tochter zu geben. Mir fiel auf, wie viele Jungen sie bereits bewunderten und sie anstarrten wie ausgehungerte kleine Wölfe. Ich fragte mich, ob sie eines Tages heiraten und mit einem Mann glücklich werden würde, und mir wurde bewußt, daß ich selbst seit Jahren keine männliche Gesellschaft mehr genossen hatte.

Jahrelang war ich unsicher gewesen und hatte mir eingebildet, eine Vaterfigur zu benötigen, dir mir Vertrauen einflößte. Von meiner kurzen Ehe hatte ich mir das gleiche versprochen. Möglicherweise war sogar mein mysteriöser Unbekannter ein Produkt meiner Einbildungskraft und lediglich ein Ersatz für einen echten Mann. Ich hatte meine eigene männliche Seite so weit ausgebildet, daß sich einige Männer durch meinen Erfolg und meine bloße Anwesenheit bedroht fühlten. Ich projizierte meine Unabhängigkeit so stark nach außen, daß kein Mann auf die Idee kam, mich beschützen zu wollen oder zu lieben. Innerhalb meiner Agentur handelte und dachte ich wie ein Mann. Während andere Frauen strickend und fernsehschauend daheim saßen, war ich zu einem festen Bestandteil der Männerwelt geworden und mußte mich täglich mit ihren ausgewachsenen Egos und gotthaften Selbstanmaßungen herumschlagen. Obwohl ich insgeheim beschlossen hatte, niemals so skrupellos wie die meisten von ihnen zu werden, so dachte ich doch nicht wie eine Frau. Selbst mein Gang war maskulin. Ich raste die Straße hinab wie ein Laufkuckuck und kam gar nicht auf die Idee, mich bei meinem Begleiter einzuhaken oder einem

Mann in bestimmten Situationen den Vortritt zu überlassen. Mir war klar, daß ich meine aggressive und dominante Wesensart würde bändigen müssen, wenn ich einen Mann wollte. Allein der Gedanke daran, Schicht für Schicht meiner alten und versteinerten Persönlichkeit abtragen zu müssen, ließ mir den Schweiß ausbrechen. Aber mein Leben als geschlechtslose Einsiedlerin, die jede Nacht körperlich müde, doch unerfüllt in ihr Bett fiel, machte einfach keinen Spaß mehr.

Ich stellte mich nachts vor den Spiegel in meinem Schlafzimmer und betrachtete mich eingehend. Meine Brüste waren noch voll, ich hatte schlanke Schenkel und wohlgeformte lange Beine. Auch wenn ich es nie im Leben zur Miss Playboy gebracht hätte, sah ich noch besser aus als die meisten Frauen in meinem Alter. Ich beschloß, mich zunächst mit einer neuen Gaderobe auszustatten und die hochgeschlossenen, neutralen Kostüme und Zweiteiler ein für allemal auszumustern.

Es folgte eine eintägige Odyssee durch Avantgarde-Boutiquen und Kaufhäuser, an deren Ende ich mit hochhackigen Schuhen, Designerkleidern, Parfum und Make-up versehen bei einem bekannten Friseur einlief, um meine dunklen Haare rot färben und zu einer neuen Frisur schneiden zu lassen – mit meinem strengen Haarknoten wirkte ich wie eine viktoranische Lehrerin.

Der Haarstylist bestand darauf, Fotos vor und nach meiner Behandlung anzufertigen, und arbeitete ohne Spiegel, so daß ich mich zum Schluß kaum wiedererkannte. Mein Schopf war eine lockere Masse rotgoldener Strähnen, die sich anfühlten wie Seide. Der Friseur war von seiner Arbeit so angetan, daß er sein Werk dem versammelten Salon vorführte und schließlich unter dem rhythmischen Klatschen der Angestellten auf den Rezeptionstresen sprang und ausgelassen zu tanzen begann.

Das Ereignis kulminierte in einer Einladung des Friseurs, der mich bat, ihn zum Abendessen zu begleiten. Ich hatte ihn eigentlich für homosexuell gehalten, nahm die Einladung aber mit nervösem Kichern an und hatte einen fantastischen Tanzabend, der bis in die frühen Morgenstunden dauerte. Zum ersten Mal in meinem Leben fiel mir auf, daß Männer mich beobachteten. Als ich am Morgen nach Haus kam, blieb mir gerade noch eine Stunde Zeit, um mich für die Arbeit in der Agentur bereitzumachen. Allmählich stellte sich mit meinem neuen Aussehen auch ein neues Selbstvertrauen ein.

Kapitel XI

Wenig später begegnete ich auf einem Galadinner meinem neuen Mann.

In den letzten drei Jahren hatte sich meine Agentur aus der Kosmetikbranche immer mehr in den medizinischen Bereich verlagert, und wir hatten so viele Aufträge erhalten, daß ich zum erstenmal einen Job ablehnen mußte. Deshalb fühlte ich mich an jenem Abend besonders gut. Gegen Ende eines Essens mit sieben Gängen spürte ich plötzlich, wie ich von einem milden elektrischen Schlag getroffen wurde, der sich über meinen ganzen Körper ausbreitete. Unfreiwillig drehte sich mein Kopf, und mein Herz begann zu schlagen wie verrückt – ich hatte das Gefühl, am Tisch vor allen Leuten mit jemandem Liebe zu machen.

Peinlich berührt blickte ich mich um, ob jemand etwas von meiner Verfassung bemerkt hatte, doch die Anwesenden lauschten andächtig den Witzen eines redseligen Vertreters.

Das Gefühl begann so unangenehm zu werden, daß ich beschloß, mich für eine Weile auf die Toilette zu verziehen, um wieder zu Sinnen zu kommen. Zitternd stand ich auf und entschuldigte mich bei den anderen Gästen.

Auf dem Weg zu den Toiletten fiel mein Blick auf einen Mann, der am Hinterausgang des Saales stand und mich anstarrte, als sei ich der einzige Mensch im Raum. Ich starrte zurück, und mein Körper begann unkontrolliert zu zucken. Ich hatte Schwierigkeiten zu atmen. Irgendwie wußte ich, daß dieser Mann für meinen Zustand verantwortlich war. Ich mußte herausfinden, wer er war. Nachdem ich an meinen Tisch zurückgekehrt war, erkundigte ich mich bei meinem Nachbarn.

»Sein Name ist Michael«, erwiderte er. »Wir nennen ihn den ›irren russischen Wissenschaftler‹, weil niemand in der Lage ist, es mit seinem Computerhirn aufzunehmen. Außer Ihnen ist er heute nacht der einzige hier, der nicht direkt für unsere Gesellschaft tätig ist. Er arbeitet als freier Berater an der Entwicklung des neuen kardio-vaskularen Ventils, das wir in ein paar Monaten auf den Markt bringen wollen.«

In diesem Augenblick begann Michael, sich in meine Richtung zu bewegen, und blickte mir dabei unverwandt in die Augen. An meinem Platz angekommen, beugte er sich vor und küßte mir die Hand.

»Mein ganzes Leben habe ich nach dir gesucht«, sagte er mit tiefer Stimme und russischem Akzent. »Wir sind bereits in vielen Leben Partner gewesen, und ich kann es nicht fassen, daß ich dir hier wiederbegegne.«

Ich fühlte mich wie in Trance und folgte ihm ohne jeden Einwand hinaus ins Freie. Ich wußte nicht, was ich sagen sollte. Seine Anspielung auf unsere Vorleben war mir unverständlich, aber das war mir egal. Ich hatte nicht den geringsten Zweifel, daß hier mein Prinz vor mir stand, und konnte meinen Blick keine Sekunde von seinem Gesicht abwenden.

Seine Augen schienen ständig die Farbe zu wechseln; in einem Augenblick waren sie efeugrün, im nächsten hatten sie die Farbe eines blauen Morgenhimmels. Er hatte edle slawische Züge, eine gebogene Nase und dunkles volles Haar. Sein Mund war voll und wunderbar geschwungen. In seiner Gegenwart schien mein Körper aufgeladen wie nie zuvor, als habe mir jemand einen Liebestrank injiziert. Hätte er mich in jenem Moment gewollt, so hätte er mich auf den Stufen zu dem Ballsaal vor aller Augen haben können. Ich wäre ihm ohne einen weiteren Gedanken in die Arme gesunken und mit ihm verschmolzen.

Ich erinnere mich nicht mehr, worüber wir sprachen, aber ich weiß, daß mein Körper unkontrollierbar zitterte, als er mich schließlich küßte. Für eine kurze Zeit war ich in einer anderen Welt, aus der ich erst wieder zurückkehrte, als er seine Umarmung aufgab und mir mitteilte, daß er in der gleichen Nacht noch nach Chicago zurückkehren müßte, wo er lebte.

Ich begehrte diesen Mann mit jeder Zelle meines Körpers. Und obwohl es mir unglaublich erschien, daß ich derartige Gefühle für einen Mann empfinden konnte, den ich gerade erst getroffen hatte, merkte ich doch, daß ich sie auf keinen Fall in Frage stellen wollte. Im Gegenteil, sie schienen mir wie ein Geschenk Gottes, das warm in meinem Körper ruhte und den Rest meiner Unsicherheit zu schmelzen schien. Vielleicht wußte ich nicht, wer mein Vater war und wie meine Schwangerschaft mit Astar zustande gekommen war, doch das schien jetzt alles unwichtig. Ich war verliebt, und in den folgenden Tagen telefonierten wir stundenlang miteinander. Allein der Klang seiner Stimme genügte, um mich ihm wie ein Blüte zu öffnen. Wir entdeckten, daß wir eine starke telepathische Verbindung hatten und daß er in der Lage war, mir mitzuteilen, was ich gerade dachte.

Er redete ungern über seine Vergangenheit. Er war der Ansicht, daß der Mensch nur in der Gegenwart existiere und die Vergangenheit lediglich dazu diene, ihn in eine bessere Zukunft zu führen. Allerdings erfuhr ich, daß er verheiratet gewesen war und drei Töchter hatte. Seit seiner Scheidung vor sieben Jahren hatte er zölibatär gelebt, da er der Ansicht war, sexuelle Energie sei verschwendet, wenn keine Liebe im Spiel ist.

Abgesehen von unserer körperlichen Trennung schien unsere Einheit perfekt, und er ging daran, seine Brücken in Chicago so schnell wie möglich abzubrechen, um seinen Geburtstag in einigen Wochen mit mir verbringen zu können.

Je näher der Tag rückte, desto weniger konnte ich mich auf meine Arbeit konzentrieren. Meine Liebe zu ihm hatte ein Tor zu meinen sexuellen Ängsten geöffnet und sie in heißblütige Begierde verwandelt, die manchmal so intensiv wurde, daß ich meinte, ein Feuer zwischen meinen Schenkeln zu spüren. Wenn ich an ihn dachte, wurde meine Kehle trocken, ich begann zu schwitzen und lief mit halbgeschlossenen Augenlidern durch die Gegend wie eine Traumwandlerin.

Eines Nachts gegen vier wachte ich auf, weil mein ganzer Körper vor Aufregung zu explodieren schien. Zunächst meinte ich zu träumen und versuchte mich aufzusetzen, aber ich war so geschwächt, daß ich mich wieder hinlegen mußte. Ich hatte das Gefühl, von zehn Männern gleichzeitig am ganzen Körper geküßt zu werden, die alle Michaels Gesicht trugen. Dann verschwanden seine Gesichtszüge, und ich spürte, wie er in mich eindrang und ich in einen ekstatischen Zustand geriet, aus dem ich nie wieder erwachen wollte. Es dauerte eine geraume Weile, bis ich wieder in der Lage war, Luft zu holen. Ich hatte gelesen, wie sich ein Orgasmus anfühlte, aber ich hatte keine Erklärung dafür, was mir soeben widerfahren war.

Das Klingeln des Telefons brachte mich zurück in die Realität. Es war Michael.

»Wie fühlst du dich«, fragte er, »nachdem ich mit dir geschlafen habe?«

Ich konnte es nicht fassen. »Es war unglaublich«, sagte ich mit schwacher Stimme.

»Ich brauche nur an dich zu denken und es mir vorzustellen. Dann verlasse ich meinen Körper, komme zu dir, und wir verschmelzen.«

Ich war zu erschöpft, um ihn danach zu fragen, wie er seinen Körper verließ, aber ich wußte, daß ich ein Leben mit Michael vor mir hatte und alles erfahren würde, was ich wissen mußte. Nachdem wir eingehängt hatten, schloß ich die Augen und schlief befriedigt ein.

Am nächsten Morgen auf dem Weg zur Agentur überkam mich das gleiche Gefühl wie in der Nacht davor, und ich mußte den Wagen an den Straßenrand lenken und abwarten, bis der Anfall vorüber war. Als ich das Büro betrat, erhielt ich sofort die Nachricht, daß Michael angerufen hatte und auf meinen Rückruf wartete.

»Ist es nicht wundervoll, den Tag mit Sex zu beginnen?« erkundigte er sich.

»Michael, du machst mich wahnsinnig! Ich war mitten auf dem Freeway und habe gezittert wie ein Erdbeben. Fast hätte ich einen Unfall gebaut.«

Er lachte.

»In Zukunft werde ich etwas vorsichtiger sein«, versprach er, doch sein Timing blieb weiterhin riskant. Einmal überraschte er mich mitten in den Vorbereitungen zum Abschluß eines wichtigen Geschäftes, und ich mußte mich eilends entschuldigen und mich hinter verschlossenen Türen beruhigen, bis das Gefühl abgeklungen war und ich mich wieder unter Menschen wagen konnte.

Langsam begannen seine außergewöhnlichen Fähigkeiten an meinem Selbstwertgefühl zu nagen. Wie sollte ich in der Lage sein, einen derartigen Mann körperlich zu befriedigen? Ich hatte immer noch keine Ahnung von Sex und fürchtete ihn zu enttäuschen, sollten wir erst einmal zusammen im Bett liegen.

Für den Augenblick jedoch drängte ich meine Befürchtungen in den Hintergrund und ging daran, alles für seine Ankunft vorzubereiten. Astar hatte in der High School ein Jahr übersprungen und war früher als vorgesehen fertig geworden. In zwei Monaten würde sie siebzehn werden, und ich hatte ihr erlaubt, zu einer Freundin zu ziehen, die in der Nähe wohnte und mit der sie gemeinsam die Universität besuchen wollte. So hatten Michael und ich das Haus ganz für uns. Am Tag seiner Ankunft wartete ich hinter der Eingangstür wie ein Schulmädchen vor dem ersten Rendezvous. Nervös fuhr ich mir immer wieder mit den Fingern durch die Haare, und als die Türglocke schellte, wankte ich schließlich mit zitternden Knien auf die Tür zu, um ihm zu öffnen. Ich holte tief Luft, und er stand vor mir.

Für einen Augenblick sahen wir uns sprachlos an. Er nahm mein Gesicht in seine Hände und fuhr mit sanften Fingern darüber. Anschließend überreichte er mir drei langstielige Rosen. »Die rote ist für unsere Vergangenheit, die rosafarbene für unsere Gegenwart und die weiße für unsere Zukunft«, sagte er. Dann küßte er mich auf den Mund und trug mich über die Schwelle in mein Wohnzimmer, wo er mich vor dem Kamin wieder absetzte. Aufgeregt und in beinahe katatonischer Starre wartete ich darauf, daß er sein Gepäck hereinholte.

In der folgenden Nacht wurde unsere körperliche Sehnsucht endlich erfüllt, und meine romantischen Erwartungen würden weit übertroffen. Ich erlebte eine Ekstase, die ich bisher nicht für möglich gehalten hatte. Es schien, als ob unsere beiden Körper nur von einer einzigen Seele bewohnt würden, und innig ineinander verschlungen schliefen wir schließlich ein.

Obwohl es kaum möglich schien, wurde unsere Beziehung mit jedem Tag tiefer und erfüllter. Täglich überreichte Michael mir drei Rosen in verschiedenen Farben, und abgesehen davon, daß ich jeden Tag zur Arbeit ging, waren wir fast nie voneinander getrennt. Gemeinsam arbeiteten wir an seinen Erfindungen. Ich begutachtete seine Prototypen und erhielt oft intuitive Informationen darüber, wie er sie fertigzustellen hatte. Er erklärte, daß ich hellseherische Fähigkeiten besaß, und zeigte mir, wie ich die Energiezentren meines Körpers durch Visualisierungen erweitern konnte. Er brachte mir bei, Sonnenenergie zu empfangen und durch meine Fingerspitzen als Heilkraft wieder abzugeben. Er betreute mehrere Gruppen, denen er Heilpraktiken beibrachte, und nahm mich mit zu New-Age-Treffen und Veranstaltungen, auf denen ich zum erstenmal in Berührung mit Menschen kam, die über ähnliche Fähigkeiten verfügten wie wir. Bei vielen unserer Unternehmungen begleitete Astar uns, besonders wenn wir zelteten oder ins Theater gingen. Viele Abende verbrachten wir daheim wie eine richtige Familie.

Wir sprachen häufig darüber, ob wir heiraten sollten oder nicht, aber da ich mich bereits wie seine Frau fühlte, sah ich nie die Notwendigkeit, unsere schöne und erfüllende Beziehung durch eine Unterschrift zu besiegeln. Zwei Jahre dauerte es, bis er mich endlich überzeugt hatte, ihm das Jawort zu geben. Enthusiastisch gingen wir daran, unsere Hochzeit vorzubereiten, als etwas passierte, das mein ganzes Leben über den Haufen werfen sollte.

Fünf Tage vor dem festgesetzten Termin kam ich früher als gewöhnlich von der Arbeit heim und fühlte beim Betreten des Hauses plötzlich eine unerklärliche Unruhe.

Ich stellte die Tüten mit den Lebensmitteln auf dem Boden ab und ging ins Bad, um mir die Hände zu waschen. Wie vom Schlag getroffen, stellte ich fest, daß Michaels Toilettenartikel verschwunden waren. Alle seine Utensilien waren aus den Wandregalen entfernt. Ich rannte ins Schlafzimmer und sah, daß die Schränke dort ebenfalls leer standen – es war, als hätte er nie hier gewohnt. Eine scharfe und durchdringende Furcht schoß mir in den Körper, um sich schließlich in meiner Magengegend niederzulassen wie ein bösartiger Knoten – am liebsten hätte ich vor Angst auf den Teppich gekotzt.

In der Hoffnung, einen Anhaltspunkt über seinen Verbleib zu finden, durchstöberte ich jeden Raum, aber mit jedem leeren Schrank wurde das Gefühl in meinem Magen stärker – es gab keinen Zweifel, er hatte mich Knall auf Fall verlassen!

Mit einemmal spürte ich eine infernalische Wut – ich wußte, daß es keine harmlose Erklärung für den Vorfall gab und er für immer gegangen war. Ich fühlte mich verraten und verlassen wie noch nie in meinem Leben. Ich begann hemmungslos zu schluchzen und rannte schließlich Michaels Namen schreiend durch das ganze Haus. Es blieb still.

Ich ging nach draußen, beugte mich über die Brüstung an der Terrasse und starrte den steilen Abhang hinunter – ein paar Zentimeter nur, und nichts würde mir mehr weh tun! Ich beugte mich weiter vor, doch der Gedanke an Astar hielt mich buchstäblich im letzten Augenblick zurück. Ich stolperte zurück ins Innere des Hauses und rief meine Tochter an. Als sie den Hörer abnahm, war ich kaum noch in der Lage, zusammenhängend zu sprechen.

»Astar ... Michael ... hat mich verlassen, ich brauche dich jetzt!«

Als sie eintraf, lag ich händeringend auf dem Boden und heulte in die

Stille. »Ich will nur noch sterben«, schluchzte ich, »laß mich sterben ...« Ich konnte an nichts anderes mehr denken.

»Beruhige dich und hör auf, so einen morbiden Quatsch zu denken«, sagte Astar. Sie nahm mich in den Arm und hielt meinen Kopf wie bei einem kleinen Kind. »Nimm eine Schlaftablette und ruh dich erst einmal aus. Ich werde bei dir bleiben, bis du wieder aufwachst.«

Sie ging ins Bad und kam mit einem Röhrchen Schlaftabletten zurück. Sie zählte zwei ab und steckte den Rest in ihre Tasche. Ohne nachzudenken, folgte ich ihrem Rat und schlief zehn Stunden lang.

Als ich am nächsten Morgen die Augen wieder aufschlug, durchfuhr mich sofort der Gedanke an meinen Verlust, und unter Schmerzen wand ich mich im Bett. Aus der Küche drang der Geruch von Schinken mit Eiern. Ich stürmte ins Bad und übergab mich, dann fiel ich erschöpft auf den Boden. Als ich nach einer halben Stunde wieder aufstand, fiel mein Blick in den Spiegel. Mein Haar war voller Erbrochenem und mein Gesicht eine rote, geschwollene Masse. Unter meinen stumpfen, leblosen Augen waren dunkle Ringe, und über Nacht hatte ich tiefe Falten bekommen. So schleppte ich mich in die Küche zu meiner Tochter und besprach kurz, wie wir die Hochzeit absagen konnten.

Ich ließ sie in der Agentur anrufen und meldete mich auf unbestimmte Zeit krank. Und obwohl ich mir fest vornahm, meinen Schmerz durch Arbeit zu besiegen, blieb ich sechs Tage im Bett, jede wache Minute hoffend, Michael möge zu mir zurückkehren – aber er rief nicht ein einziges Mal an. Astar versorgte mich, während ich mit zugezogenen Vorhängen den Tag zur Nacht machte und meinen Schöpfer darum bat, mir ein wenig Schlaf zu gönnen.

Nach sechs Tagen schleppte ich meinen tauben Körper schließlich aus dem Bett und suchte nach der Telefonnummer von Michaels Ex-Frau. Sie war die einzige, die unter Umständen wissen konnte, wo er sich aufhielt und was mit ihm los war. Über die Jahre hatte ich mich mit ihr und ihren drei Töchtern angefreundet, doch lebten sie in San Francisco, und ich sah sie nur selten.

»Es tut mir wirklich leid, daß er dir so etwas angetan hat. Ich bin schockiert«, sagte sie, nachdem ich ihr die Geschichte mit wenigen Worten erzählt hatte. »Ich weiß, daß er dich geliebt hat, und es paßt ganz und gar nicht zu ihm, dich einfach sitzenzulassen. Ich bin mir sicher, daß er sich bald melden wird.«

Wir sprachen noch eine Weile, dann hängte ich auf und erklärte Astar, daß sie nach Haus gehen und ihr eigenes Leben weiterleben solle. Unsere Bindung wurde durch die Trennung von Michael noch stärker, als sie ohnehin schon war, und sie kam jeden Abend, um bei mir nach dem Rechten zu sehen.

Volle drei Wochen befand ich mich in einem scheinbar unauflösbaren Stupor. Drei Wochen, in denen ich kaum etwas aß und nicht in der Agentur erschien. Ich verlor über zwanzig Pfund, war kreidebleich, und mein Körper zeigte erste Mangelerscheinungen. Immer noch weinte ich unkontrolliert oder starrte stundenlang ausdruckslos ins Leere, als für die Küstenregion, in der wir lebten, ein starkes Unwetter vorhergesagt wurde. Innerhalb von zwei Tagen fiel fast ein halber Kubikmeter Regen, der die Gegend in ein Notstandsgebiet verwandelte. Der Versuch, mein inneres Gleichgewicht wieder herzustellen, wurde vollends zunichte gemacht, als mein Haus zu wackeln begann und ein höllisches, knirschendes Geräusch im Fundament ankündigte, daß es dabei war, sich von seinem Standort zu entfernen.

Ich rannte nach draußen und sah, daß die meisten meiner Nachbarn ihre Häuser bereits verlassen hatten. Als die Erschütterung nachließ, trat ich auf die Terrasse und sah den Hügel hinab. Es hatte einen enormen Erdrutsch gegeben, und die Hälfte des Hügels, auf dem mein Haus stand, war buchstäblich auf die Straße darunter gestürzt. Der Schaden war gravierend, und ich erwachte endlich aus meiner Lethargie, zog einen Mantel über und fuhr mit dem Wagen den Hügel hinunter, um den Schaden zu begutachten.

Einige meiner Nachbarn hatten sich ebenfalls dort eingefunden. Die Frauen weinten, und die Männer standen in kleinen Gruppen zusammen und unterhielten sich nervös. Glücklicherweise war niemand zu Schaden gekommen, aber drei Häuser waren bereits von ihren Fundamenten gerutscht und abgestürzt.

Ich fand heraus, daß mein Haus auf Betonpfeilern ruhte, die drei Meter tief in eine Schicht aus Schiefer eingelassen waren. Trotzdem befand es sich in unmittelbarer Gefahr, und der Gedanke daran, jeden Cent, den ich in dieses Haus hineingesteckt hatte, zu verlieren, ließ mich endlich meinen Verstand wiederfinden und unter die Lebenden zurückkehren.

Am nächsten Mogen traf ich mich mit einem Experten vom Bauaufsichtsamt, der den Schaden begutachtete und ihn auf rund einhunderttausend Dollar veranschlagte. Würde ich die geforderten Maßnahmen, zu der die Errichtung einer kompliziert anzubringenden Sperrmauer gehörte, nicht sofort vornehmen lassen, so lief ich Gefahr, in wenigen Tagen vor einem Haufen Schutt zu stehen, der sich zudem mitten auf einer öffentlichen Straße befinden würde – mit einemmal schien es, als sei mein gesamtes Leben zu einem Erdrutsch geworden.

Kapitel XII

Lange Zeit hatte ich die in meinem Leben auftauchenden Probleme als Herausforderungen und Gelegenheiten begriffen, anhand derer ich lernen konnte und die ich schließlich meisterte. Nun mußte ich erfahren, daß manche Probleme nicht lösbar waren, weil sie die Kraft des gewöhnlichen Verstandes überstiegen und sich außerhalb unserer Kontrolle befanden. Als Perfektionist war es immer schwierig für mich gewesen, solche Grenzen zu akzeptieren, doch jetzt mußte ich es tun, um meine geistige Gesundheit zu retten.

Nachdem ich die Grundstücksgesellschaft, die mir den Boden unter meinem Haus für hundert Jahre vermietet hatte, dazu bewegen konnte, einen Teil der Reparaturkosten zu übernehmen und mir das Land zu einen reduzierten Preis zu verkaufen, finanzierte ich den Besitz zu neuen Bedingungen und hatte dadurch genügend Geld, um ein Bauunternehmen mit der Wiederherstellung meines Hauses zu beauftragen.

Ein Monat war vergangen, seit mein Leben in Scherben zerfallen war, und ich hatte immer noch kein Wort von Michael gehört. Ich zwang mich, meine Arbeit wieder aufzunehmen, und schleppte mich pflichtbewußt in die Agentur, ohne jedoch einen Funken Freude oder Zufriedenheit dabei zu gewinnen. Der letzte Schlag des Schicksals erreichte mich schließlich in Form eines Telefonanrufes von Lily, einer von Michaels Töchtern.

»Ich habe meinen Vater getroffen«, sagte sie weinend, »aber er hat sich geweigert, über dich zu sprechen. Er kam zum Haus der Frau, für die ich als Babysitter arbeite, und hat dort gewartet, bis sie heimkam. Dann sind die beiden zusammen zum Abendessen gegangen. Letzte Nacht hat er mich angerufen und mir erzählt, daß sie beide heiraten werden. Ich glaube, er hat den Verstand verloren. Er benimmt sich wie ein Fremder, ein Verrückter, der nur dazu da ist, unsere Herzen zu brechen.«

Sie begann wieder zu weinen, so daß ich sie trösten mußte. Ich dankte ihr dafür, mir die Wahrheit gesagt zu haben, und legte auf, weil ich spürte, daß ich kaum noch Luft bekam.

Es gab für Michaels Verhalten keine rationale Erklärung. Zunächst hatte ich angenommen, er habe mich verlassen, weil er vor der Heirat kalte Füße bekommen hatte. Jetzt würde er eine Frau ehelichen, die er kaum kannte. Ich überlegte, ob ich mir seine Telefonnummer besorgen sollte, um ihn zur Rede zu stellen, und dachte sogar daran, auf seiner Hochzeit aufzutauchen und eine Szene zu machen, aber meine Enttäuschung und meine innere Verletzung waren zu groß. Ich kontaktierte Lily und meine anderen engen Freunde und bat sie darum, Michaels Namen in meiner Gegenwart nie wieder zu erwähnen.

Für mich war der Mann, den ich geliebt hatte, gestorben.

Allmählich begann ich damit, eine hohe, undurchdringliche Mauer in meinem Inneren zu errichten, die meine Gefühle schützte und zurückhielt. Allmählich verschwanden so meine depressiven Gefühle, obwohl es beinahe ein Jahr dauerte, bis ich mich wieder wie ein vollständiges menschliches Wesen empfand. Trotzdem hatte sich etwas verändert: Ich brannte nicht länger darauf, die Rätsel des Lebens zu lösen. Und obwohl ich mich wieder tief in die Arbeit gestürzt hatte, bemerkte ich doch, daß sie mir weniger und weniger bedeutete. Ich war es leid, wie ein Einsiedler in meinem Büro zu hocken, und begann, mich nach etwas anderem umzusehen. Ich wollte reisen. Deshalb bildete ich eine persönliche Assistentin aus, die die Agentur während meiner Abwesenheit führen sollte. Zwar arbeitete ich immer noch sechzehn Stunden am Tag, doch nicht mehr ausschließlich wegen des Geldes. Vielmehr versuchte ich, die losen Enden in meinem Leben zusammenzufügen, um mich in ein fremdes Land abzusetzen, wo mein Leben nicht durch das Telefon bestimmt werden würde.

Eines Tages hatte ich beschlossen, die Agentur früher zu verlassen und mein Mittagessen einmal nicht mit geschäftlichen Zwecken zu verbinden. Ich entschied mich für ein kleines mexikanisches Restaurant, wo man unter freiem Himmel sitzen konnte.

Ich stand allein im Aufzug auf dem Weg nach unten und drückte den Knopf, der mich ins Erdgeschoß befördern sollte, während ich an die großen fleischgefüllten Tacos mit saurer Sahne dachte, die ich gleich verzehren würde, als der Aufzug spürbar langsamer wurde und zu knirschen begann.

Mit einem scharfen Ruck blieb er schließlich zwischen dem dritten und dem vierten Stockwerk stehen, und Rauch begann durch die Ritzen in das Innere der Kabine zu dringen. Ich erschrak und merkte, wie mir der kalte Schweiß ausbrach. Dann gingen die Lichter aus, und abgesehen von den im Dunkel nachleuchtenden Knöpfen der Aufzugbedienung war nichts mehr zu sehen.

Ich versuchte, den Alarmknopf zu drücken, aber meine Finger erreichten ihr Ziel nicht mehr. Mit einemmal verschwand die Knopfleiste aus meinem Gesichtsfeld, und meine Hand berührte einen menschlichen Körper. Ich schrie auf, und das Licht ging wieder an. Ein Mann stand vor mir und hatte mir den Rücken zugekehrt.

Mit langsamen Bewegungen drehte sich der Fremde um, und für einen Augenblick meinte ich, in Ohnmacht zu fallen. Er trug das Gesicht meines mysteriösen Unbekannten! Er bewegte sich auf mich zu, und nervös zitternd wich ich vor ihm zurück, bis ich ihm nicht mehr ausweichen konnte und mit dem Rücken an die Wand der Fahrstuhlkabine gedrückt stand.

»Wer bist DU?« brachte ich leise über die Lippen. »Wie bist du in den Aufzug gekommen?«

»Ich bin im sechzehnten Stockwerk zugestiegen, meine Liebe.«

Ich wußte genau, daß das Gebäude nur fünfzehn Stockwerke hatte.

»Triana, erinnerst du dich nicht an mich?«

Ich blickte in seine unverwechselbaren Augen, und der Klang seiner Stimme räumte schließlich meinen letzten Zweifel aus – vor mir stand tatsächlich jener Unbekannte, der mich mein ganzes Leben lang begleitet hatte. Und zwar in Fleisch und Blut.

»Du bist es wirklich ...«, flüsterte ich.

»Ja, ich bin wirklich gekommen. Ich habe die Barriere gebrochen, um bei dir sein zu können. Laß uns gehen. Es gibt viel zu tun.«

Mit einemmal spürte ich eine grenzenlose Ekstase und streckte meine Hand aus, um ihn zu berühren und mir zu beweisen, daß ich nicht halluzinierte. Meine Fingerspitzen berührten sein Gesicht und schienen vor Wärme leicht zu brennen.

Der Aufzug setzte sich wieder in Bewegung, und als die Tür sich schließlich öffnete, traten wir in die Lobby.

»Du wolltest zu Mittag essen«, sagte er. »Ich werde dich begleiten, und dabei können wir uns unterhalten. Ich habe dir viel zu sagen und kann nicht lange bleiben.«

Im Restaurant angekommen, wählte er einen Tisch im hinteren Teil des Raumes, wo wir uns ungestört unterhalten konnten. Mein Glücksgefühl wurde in seiner Gegenwart mitunter so stark, daß ich Schwierigkeiten hatte zu sprechen.

»Ich habe den energetischen Schutzmantel deiner Aura mit meinem Kraftfeld durchsetzt«, erklärte er, als er meine Verwirrung bemerkte. »Entspann dich und laß mich einfach reden.«

Er erklärte mir, wie viel es ihm bedeute, sich in meiner Gegenwart aufzuhalten.

»Ich habe zweitausend Jahre gewartet, um deine Hand wieder berühren zu dürfen«, sagte er. »Immer schon warst du ein wichtiger Teil meines Lebens und meiner Existenz, und ich kenne dich genauso gut wie mich selbst. Es tut mir leid, daß du in diesem Leben so viel Leid auszustehen hattest, und ich muß dir gestehen, daß dieses Leid ein Test war, an dem ich nicht ganz unbeteiligt war.

Ich war immer bei dir, obwohl du mich oft nicht sehen konntest, weil dein Verstand zu beschäftigt damit war, materielle Dinge zu begehren oder anzuschaffen. Manchmal wollte ich absichtlich nicht mit dir kommunizieren, damit du lernst, Entscheidungen allein zu treffen und auf eigenen Füßen zu stehen. Ich weiß, wie frustriert du warst, als ich mich längere Zeit nicht gezeigt habe, aber ich kann dir versichern, daß meine Liebe für dich unsterblich ist.

Vielleicht denkst du, daß du Pech mit deinen Beziehungen hattest und von den Männern schlecht behandelt worden bist, weil du dich für mich aufgehoben hast. Der Mann, den du für deinen Vater gehalten hast, wies dich zurück, dein Bruder haßte dich. Dein Ehemann hat dich verlassen – und die Wahrheit hinter diesen Ereignissen ist, daß du dich keinem Mann hingeben konntest, weil du mir bereits versprochen warst.

Oft habe ich dir geholfen, manchmal aber auch aus Eigennutz gehandelt. Ich bin schuld an deinen gescheiterten Romanzen und deinen Problemen mit dem Sex. Ich wollte dich mit niemandem teilen. Dann habe ich dir Michael geschickt.

Ich habe vorher schon mit dir geschlafen, aber das war in einer anderen Dimension. Dieses Mal habe ich meine Energie durch Michael projiziert, deshalb konntet ihr euch lieben, obwohl er in Chicago war und du in

Kalifornien. Als ihr euch dann endlich körperlich vereinigt habt, sahst du, wie mein Gesicht seinen Platz einnahm, und wieder war ich bei dir.

Zu der Zeit, als er bei dir einzog, hast du dich hoffnungslos in ihn verliebt und wolltest ihn heiraten. Das war unmöglich. Du warst keine ungebundene Frau mehr, deshalb habe ich mich in seinem Verstand eingenistet, und er verließ dich, ohne zu wissen weshalb, und heiratete eine andere.« Er machte ein Pause und schwieg.

Die Fragen und Gedanken rasten nur so durch meinen Kopf, und doch fand ich keine Worte, um sie ihm gegenüber auszudrücken. Ich blickte auf den Ring an seinem schmalen und zartgliedrigen Finger und stellte fest, daß mir das leichte, rosafarbene Metall, aus dem er gefertigt war, nicht bekannt war. Der Ring bestand aus drei Teilen – auf der linken Seite befand sich ein Halbmond, der von einer Diagonalen durchkreuzt wurde; auf der rechten Seite war ein Blitz abgebildet und in der Mitte ein Gesicht, das dem Abbild des griechischen Gottes Zeus ähnelte.

Er schien meine Gedanken zu lesen. »Dieser Ring ist viele Jahrhunderte alt. Du hast ihn bereits oft an meiner Hand gesehen. Er verleiht seinem Träger die Kraft, Dimensionen zu transzendieren.«

»Bist du mit seiner Hilfe hierhergekommen?« fragte ich. »Stammst du von einem anderen Planeten?«

»Ich stamme aus einem anderen Raum in einer anderen Zeit«, antwortete er, »und ich habe bereits mehr gesprochen, als mir ratsam scheint. Du wirst mehr erfahren, sobald du dich daran erinnerst, wer ich bin.«

»Ich erinnere mich!« rief ich aus. »Du bist mein mysteriöser Unbekannter. Ich kenne dich, seitdem ich ein kleines Mädchen bin.«

»Ich meine etwas anderes. Du und ich haben in unterschiedlichen Leben unterschiedliche Rollen füreinander gespielt. Dein ganzes Leben lang hast du nach mir gesucht, und jetzt bin ich bei dir. Du mußt doch wissen, wer ich bin?«

Ich war jetzt vollkommen verwirrt. »Du bedeutest mir sehr viel und wirst mir immer sehr viel bedeuten«, sagte ich zögernd. »Aber ich verstehe nicht ganz, was du willst.«

»Es ist sehr einfach«, er lächelte. »Was genau spürst du, wenn du mir in die Augen schaust?«

»Unendliche Liebe«, gab ich wahrheitsgemäß und ohne nachzudenken zurück. Verzweifelt wollte ich ihn zufriedenstellen, aber scheinbar war es mir nicht möglich zu verstehen, was genau er von mir verlangte.

»In dem Augenblick, wo du dich daran erinnerst, wer ich bin, wirst du alles verstehen und mir vergeben, was mit Michael passiert ist. Du wirst mir dafür danken. Du gehörst mir und wirst immer mir gehören. Ich war so oft mit dir zusammen, aber am deutlichsten wirst du dich an unsere Zeit vor zweitausend Jahren erinnern, als mein Name Titus Vaspasian lautete.«

»Das ist ein außergewöhnlicher Name«, sagte ich unsicher. »Aber ich habe ihn noch nie zuvor gehört. Selbst wenn wir in anderen Leben schon zusammen waren, wie kann ich mich daran erinnern?«

»Das kommt von allein. Am wichtigsten ist, daß du dich an unsere Verbindung erinnerst. Du hast unentwegt dafür gebetet, daß ich bei dir sein sollte, und jetzt erinnerst du dich selbst nicht, nachdem ich dir meinen Namen genannt habe.«

Ich wurde immer frustrierter. Ich hatte den Eindruck, ein Spiel spielen zu müssen, dessen Regeln ich nicht kannte, und natürlich verlor ich.

Ich starrte auf meine Armbanduhr und stellte fest, daß wir uns seit über sechs Stunden in dem Lokal aufhalten mußten, obwohl ich mir sicher war, erst seit einer kurzen Zeit bei ihm zu sitzen. Bisher war niemand gekommen, um unsere Bestellung aufzunehmen.

»Man kann uns nicht sehen. Dafür habe ich gesorgt, damit wir ungestört bleiben«, erklärte er, ohne daß ich ein Wort gesagt hätte.

»Es gibt so vieles, was ich nicht verstehe. Bitte erkläre mir, was ich nicht in der Lage bin zu verstehen«, bat ich ihn. »Ich muß diese Dinge unbedingt wissen.«

»Ich habe mir bereits mehr Freizügigkeiten gestattet, als ich es eigentlich sollte«, antwortete er. »Ich habe mich bereits manifestiert und muß bald wieder verschwinden, aber ich kann dir die Antworten auf deine Fragen nicht geben, solange du nicht mit Sicherheit weißt, wer ich bin. Ich werde dich heute abend gegen acht über dein Telefon kontaktieren, und wenn du weißt, wer ich bin, werde ich dich auf eine Reise durchs Universum mitnehmen.«

Es folgte die banalste Erwiderung meines gesamten Lebens: »Hier ist meine Telefonnummer«, sagte ich.

»Die brauch' ich nicht. Ich weiß alles über dich.«

Er berührte mich, und wieder durchströmte mich ein ausgesprochen erhebendes Gefühl. Dann spürte ich, wie seine Lippen die meinen berührten, und ich schloß meine Augen, um in einem Strudel von Freude und Glück zu versinken. Als ich die Augen wieder öffnete, war der Mann verschwunden, ohne die geringste Spur hinterlassen zu haben.

Augenblicklich trat ein Kellner an meinen Tisch und erkundigte sich nach meinen Wünschen.

»Wie lange sitze ich hier?« fragte ich ihn. Er sah mich verwundert an. »Seltsame Frage, meine Dame«, antwortete er, »Sie haben hier vor wenigen Minuten Platz genommen.«

»Wo ist der Mann geblieben, der eben noch bei mir war?«

»Vielleicht sollten Sie in aller Eile etwas zu sich nehmen. Mir scheint, als leiden Sie an einem Schwächeanfall. Sie haben dieses Restaurant allein betreten.«

Verwirrt stand ich auf und verließ das Restaurant, ohne etwas zu essen. Anstatt in die Agentur zurückzukehren, begab ich mich direkt zur Leihbücherei und suchte nach dem Namen Titus Vaspasian. Ich konnte nichts über ihn finden. Schließlich befragte ich die junge Frau hinter der Ausleihe, und mit Hilfe eines lateinischen Wörterbuches zerlegten wir den Namen in seine Einzelteile. Titus bedeutete König, vas hieß endlos, pas stand für Vergangenheit und ian für Äonen. Ich schaffte es gerade noch rechtzeitig, um acht daheim zu sein, und war kaum in der Tür, als das Telefon klingelte. »Bist du es?« fragte ich aufgeregt in die Muschel.

»Ja, meine Liebe, ich bin es, Titus. Erinnerst du dich daran, wer ich bin?«

Ich übersetzte seinen Namen mit König der endlosen Äonen der Vergangenheit, und er lachte.

»Das stimmt, doch wer bin ich für dich?«

Unter keinen Umständen wollte ich ihn verlieren, und doch war es mir einfach nicht möglich, mit einer zufriedenstellenden Antwort auf seine Frage aufzuwarten.

»Du bist anders als anderen Männer, die ich gekannt habe. Du bist perfekt, und ich sehne mich danach, dich bei mir zu haben. Bitte laß mir noch ein wenig Zeit, mich zu erinnern«, sagte ich.

Mit einemmal füllte sich der Raum mit gleißend hellem Licht. Mein Körper schien plötzlich schwerelos, und ich merkte, wie ich mich langsam vom Boden hob. Ängstlich griff ich nach der Couch, zog mich wieder hinab und setzte mich. Vor meinen Augen tobten kreisende Regenbogenfarben, und ich hielt mich an der Couchlehne fest, als ginge es um das nackte Überleben. Dann trat er mit ausgestreckten Armen aus den Farben hervor. Aus seinen Fingerspitzen sprühten kleine Funken, die aussahen wie winzige Blitze, und als er mich berührte, schien mein Körper Feuer zu fangen.

»Ich hatte gehofft, daß du dich daran erinnern würdest, wer ich bin«, sagte er. »Doch ich sehe jetzt, das es nicht so ist. Die Zeit wird kommen.«

»Ich spüre, wie sich etwas in mir Bahn brechen will, aber es kommt einfach nicht zutage«, sagte ich entschuldigend.

»Der Tag wird kommen«, wiederholte er. »Dann werde ich zurückkehren und dich mit auf die Reise nehmen. Bis dahin werde ich dir meine Energie senden und dich mit Intuition versorgen. Du hast bereits alle Anlagen zu einer Prophetin und starke paranormale Kräfte. In nicht allzuferner Zukunft wirst du erfahren, wie stark deine Kräfte wirklich sind. Du hast auf diesem Planeten eine Mission zu erfüllen, und danach wirst du zu mir kommen. Ich bin immer bei dir gewesen und werde dich niemals verlassen, selbst in deinen Träumen werde ich dich leiten, und nach und nach wird dir meine wahre Identität bewußt. Zweifele nie an der Aufrichtigkeit meiner Liebe.«

Im Bruchteil einer Sekunde hatte er sich dematerialisiert, und wo er eben noch gestanden hatte, hing jetzt ein goldener Lichtstrahl in der Luft, der langsam immer schwächer wurde und schließlich ganz verblaßte.

Kapitel XIII

In der folgenden Nacht schlief ich so fest und zufrieden wie noch nie zuvor, und als ich am nächsten Morgen erwachte, schien das Vorgefallene so unreal und befremdlich, daß ich der Ansicht war, ich hätte es lediglich geträumt.

Tief drinnen hatte ich immer gewußt, daß es Dinge gab, die sich meiner Vorstellungskraft entzogen, und daß ich über Fähigkeiten verfügte, die imstande waren, mir Türen ins Unbekannte zu öffnen – ich würde die Suche nach der wahren Identität von Titus nicht aufgeben, sondern alle meine Kräfte daransetzen, unsere gemeinsame Geschichte aus meinem Unterbewußtsein ans Tageslicht zu holen. Ich beschloß Astar in meine Geschichte einzuweihen, in den letzten Jahren war sie mehr und mehr zu einer Verbündeten geworden, und ich teilte beinahe jeden Aspekt meines Lebens mit ihr, doch hatte ich mich nie getraut, sie über ihre mögliche Herkunft und ihren wahren Vater aufzuklären. Seltsamerweise hatte sie nie von sich aus danach gefragt.

Wir verabredeten uns zu einem gemeinsamen Essen in meinem Haus, und unsere Begegnung wurde von einem dramatischen Wetteraufzug angekündigt. Astar traf in glänzender Stimmung ein. Vor kurzem hatte sie entdeckt, daß sie über ungeahnte Heilkräfte verfügte, und gerade ihren ersten Erfolg an einer Frau erzielt, die von ihrem Arzt für unheilbar krank erklärt worden war. Es fiel mir nicht schwer, zu meinem eigentlichen Thema zu kommen.

»Du bist mehr als nur eine Tochter für mich«, begann ich. »Und seit deiner Geburt bist du die wichtigste Person in meinem Leben. Ich habe dich noch nie belogen und dir immer eine ehrliche Antwort auf deine Fragen gegeben. Ich habe mich immer gefragt, wann du dich endlich nach deinem Vater erkundigen würdest.«

Ich erklärte ihr, daß ich nach meiner Heirat für meinen Mann keinerlei romantische Gefühle gehegt und schließlich nur noch Ekel empfunden hatte, wenn er sich mir näherte. Nach neun Monaten war ich krank geworden, und der Arzt hatte mir eine unerklärliche Schwangerschaft attestiert, die schließlich zur Scheidung geführt hatte. Fünf Monate danach hatte Astar das Licht der Welt erblickt.

»Dies ist eines meiner Geheimnisse«, erklärte ich.

Astar wirkte keinesfalls so schockiert, wie ich es erwartet hatte.

Ich erzählte ihr die Geschichte von meiner Suche nach meinem leiblichen Vater und wie ich über die Jahre herausfand, daß ich offenbar unter ebenso mysteriösen Umständen zur Welt gekommen war wie sie und daß meine Mutter auf ihrem Sterbebett keine Gelegenheit mehr gefunden hatte, mein Rätsel zu lösen.

»Sie schwor, daß sie mit niemand anderem als ihrem Mann Sex gehabt hatte«, sagte ich.

Astar schien all dies nicht im mindesten zu verwundern, und ich faßte endlich den Mut, ihr von meinem mysteriösen Unbekannten zu erzählen, der mich seit meiner Kindheit begleitet und über mich gewacht hatte. Ich gestand ihr, daß er sich gestern zum erstenmal in Fleisch und Blut vor meinen Augen manifestiert hatte und wie er wieder verschwunden war, nachdem ich nicht in der Lage gewesen war, mich an unsere gemeinsame Geschichte zu erinnern, die angeblich bereits zweitausend Jahre zurückreichte und mehrere Leben umspannte.

»Bisher habe ich dir nichts davon erzählt, weil ich Angst hatte, du würdest deine Mutter für verrückt halten. Jetzt bin ich aus irgendeinem Grund anderer Ansicht«, schloß ich meinen Vortrag.

Astar sah mich ernst und teilnehmend an.

»Ich verstehe genau, wovon du sprichst. Auch ich bin heute abend gekommen, um dir ein Geheimnis mitzuteilen. Ich habe schon immer gewußt, wer mein Vater ist, jemand, der mich mein ganzes Leben begleitet hat und den ich für immer und seit ewig liebe. Sein Name ist Titus, und er ist auch dein Vater.«

»Du bist anders als andere Männer, die ich gekannt habe. Du bist perfekt und ich sehne mich danach, dich bei mir zu haben. Bitte laß mir noch ein wenig Zeit, mich zu erinnern«, sagte ich. Mit einem Mal füllte sich der Raum mit gleißend hellem Licht. Mein Körper schien plötzlich schwerelos und ich merkte, wie ich mich langsam vom Boden hob. Ängstlich griff ich nach der Couch, zog mich wieder hinab und setzte mich.

Vor meinen Augen tobten kreisende Regenbogenfarben, und ich hielt mich an der Couchlehne fest, als ginge es um das nackte Überleben. Dann trat er mit ausgestreckten Armen aus den Farben hervor. Aus seinen Fingerspitzen sprühten kleine Funken, die aussahen wie winzige Blitze und als er mich berührte, schien mein Körper Feuer zu fangen.

»Ich hatte gehofft, daß du dich erinnern würdest, wer ich bin«, sagte er.

HEYNE BÜCHER

Spirituelle Erfahrungen

*Frauen schreiben
über ihre esoterischen
Begegnungen*

Florinda Donner
Traumwache
*Eine Frau geht den Weg
der Yaqui-Schamanen*
08/9681

Safi Nidiaye
Den Weg des Herzens gehen
*Eine Frau findet zu ihrer
inneren Stimme*
08/9682

Triana Hill
Nicht von dieser Welt
*Eine Frau löst das Geheimnis
ihrer Herkunft*
08/9683

Ruth Fischer-Fackelmann
Fliegender Pfeil
*Eine Frau folgt dem Ruf des
Ayahuasca in den Dschungel
Brasiliens*
08/9684

Heyne-Taschenbücher

HEYNE BÜCHER

Norman Vincent Peale

Positive Gedanken für jeden Tag

Eine Auswahl seiner Titel:

Die Wirksamkeit positiven Denkens
Der Weg zum neuen Lebensgefühl
08/9092

Trotzdem positiv
Die Kraft Ihrer Gedanken
08/9511

Was Begeisterung vermag
So erreichen Sie alle Ihre Ziele
08/9518

Du kannst, wenn Du glaubst Du kannst
08/9569

Vergiß das nicht!
*Gedanken, die mein Leben bereichert haben –
Meditation als Weg*
08/9906

Laß Dir erzählen!
*Geschichten, die mein Leben bereichert haben –
Meditation als Weg*
08/9907

Gespräch mit Gott
Gebete und Meditationen, die unser Leben verändert haben
08/9920

Heyne-Taschenbücher

Silva Mind
Der Schlüssel zur inneren Kraft

JOSÉ SILVA
MIT ROBERT B. STONE
DER SILVA-MIND SCHLÜSSEL ZUM INNEREN HELFER
Mit der Silva-Mind Methode finden Sie den Weg zu Ihren verborgenen Kräften

ESOTERISCHES WISSEN

08/9599

Außerdem lieferbar:

José Silva/Philip Miele
Silva Mind Control
Die universelle Methode zur Steigerung der Kreativität und Leistungsfähigkeit des menschlichen Geistes
08/9538

José Silva/Burt Goldman
Die Silva-Mind-Methode
Das Praxisbuch
08/9549

Robert B. Stone
Der Weg zu Silva Mind
Das Geheimnis der Silva Mind Methode und die Geschichte ihres Begründers José Silva
08/9615

José Silva/Robert B. Stone
Die Silva Mind-Control-Methode für Führungskräfte
22/247

Wilhelm Heyne Verlag
München

HEYNE BÜCHER

Shakti Gawain

Wenn wir den richtigen Umgang mit unserer Vorstellungskraft erlernen, öffnet sich für uns und unsere Mitmenschen der Weg zu einem glücklichen und erfüllten Leben. Durch Shakti Gawains Anleitungen wird die Macht unserer Gedanken erfahrbar.

08/9639

Außerdem erschienen:

Leben im Licht
Quelle und Weg zu einem neuen Bewußtsein
08/9535

Im Garten der Seele
Auf Entdeckungsreise zum Selbst
08/9563

Meditationen im Licht
Neue Meditationen und Übungen zur kreativen Visualisierung
08/9610

Das Leben-im-Licht-Programm
Das Arbeitsbuch, mit dem Sie Ihre Innere Stimme entwickeln können
08/9621

Erwachen
Visualisierung und Meditation für jeden Tag des Jahres
08/9900

Wilhelm Heyne Verlag
München